Zum Roman:

Heftige Stürme wüten über East Sussex. Auch die Beziehungen auf Cardington Manor sind in dieser Zeit stürmischen Zerreißproben ausgesetzt. Die gute Roberta wird von schweren Geheimnissen geplagt. Auf ihre alten Tage bahnen sich Ereignisse an, die ihre Existenz erneut komplett über den Haufen werfen und tief greifende Veränderungen für sie bedeuten. Soll sie sich überhaupt auf diese einlassen? Und was würde ihre neue Familie dazu sagen, der sie so vieles zu verdanken hat?
Michael ist mit seinem Leben unzufrieden und Samantha muss sich einmal mehr fragen, ob es vielleicht doch ein Fehler war, einen Mann zu heiraten, den sie kaum kannte. Zu allem Überfluss ist sie durch ihren Kummer sehr empfänglich für die Annäherungen des äußerst attraktiven Timothy Browning, der ihr noch immer keine Ruhe lässt. Nicht zum ersten Mal kommt er ihr gefährlich nah, und Michael spielt seinem Rivalen dabei sogar noch in die Hände. Kann Samantha diese Krise nutzen, um über sich hinauszuwachsen, oder steht sie womöglich zum zweiten Mal vor den Trümmern einer Ehe?
In *CARDINGTON MANOR Sommerstürme* erwartet Sie ein Wiedersehen mit alten Bekannten und neuen Herausforderungen.

Die Autorin:

Das Schreiben begleitete Sybille Kolar schon ihr Leben lang. In ihrer Jugend waren es Liebesgedichte, später eine Kurzgeschichte, mit der sie sich an einem Autorenwettbewerb beteiligte. Sie war unter den Gewinnern und wagte sich danach an ihren ersten Roman heran.
Warum Liebesromane? Sie bezeichnet sie als Lebensromane. Es ist das gewöhnliche Leben mit all seinen Beziehungen, Höhen und Tiefen, Liebe und Verrat, Glück und Tod, das sie so ungemein spannend findet. Sind es nicht genau diese zwischenmenschlichen Themen, die auch jeden von uns im Alltag beschäftigen?
Sybille Kolar ist verheiratet und Mutter von drei erwachsenen Kindern. Mit ihrem Mann und den beiden Hunden lebt sie in der Nähe von München.

sybillekolar.com
facebook.com/SybilleKolar.Autorin
Twitter: @SybilleKolar
Instagram: sybille_kolar

Sybille Kolar

CARDINGTON MANOR

Sommerstürme

Roman

Band 4 der CARDINGTON-MANOR-Reihe

Bibliografische Information der Deutschen Nationalbibliothek:
Die Deutsche Nationalbibliothek verzeichnet diese Publikation in der Deutschen Nationalbibliografie; detaillierte bibliografische Daten sind im Internet über http://dnb.dnb.de abrufbar.

Sämtliche Rechte sind vorbehalten, insbesondere das Recht der mechanischen, elektronischen und fotografischen Vervielfältigung, der Einspeicherung und Verarbeitung in elektronischen Systemen, des Nachdrucks in Zeitungen und Zeitschriften, des öffentlichen Vortrags, der Verfilmung und Dramatisierung, der Übertragung durch Rundfunk und Fernsehen oder Video, auch einzelner Text- und Bildteile sowie der Übersetzung in andere Sprachen. Die Handlungen und Personen dieses Romans sind erfunden. Ähnlichkeiten mit lebenden oder toten Personen sind rein zufällig und nicht beabsichtigt.

© 2016 Sybille Kolar
Lektorat/Korrektorat: Jil Aimée Bayer
Umschlaggestaltung: Carolin Liepins
Foto: Cornelius Carstens

Herstellung und Verlag:
BoD – Books on Demand, Norderstedt
ISBN: 978-3-7412-9839-4

Gewidmet allen Frauen.
Lebt Eure Kraft!
Und Eure Liebe.
Seid selbst der Sturm!

"
The Devil whispered in my ear,
»You're not strong enough to withstand the storm.«

I whispered in the Devil's ear,
»I am the storm.«
"

-unknown

1

Jenseits der verschwommenen Glasscheiben brach sich das Blau dieses Morgens. Ein Frühsommersturm jagte dicke hellgraue Wolken über den Himmel und zerfetzte sie über dem Horizont in diffuse Schleier. Der Wind rüttelte hartnäckig an den durchsichtigen Wänden der Orangerie. Er ließ das altehrwürdige, filigrane Bauwerk immer wieder aufs Neue erbeben. Wie von Geisterhand berührt, bewegten sich dadurch die langen Vorhänge mit einem schleifenden Geräusch über den Steinboden.

Samantha war versunken in die Geborgenheit ihrer Frühstückszeremonie.

So liebte sie den Morgen: reichlich Darjeeling und dazu Toast mit gesalzener Butter. Die letzte Scheibe zusätzlich gekrönt mit einem Löffel von Roses hausgemachtem Brombeergelee. Und obendrein noch Michael, der – wenn er schon einmal zu Hause war – die interessantesten Berichte aus der Zeitung mit ihr teilte.

Sie biss genussvoll in ein Stück Röstbrot und lauschte dabei den Worten ihres Mannes. Dann zuckte sie plötzlich zusammen. Hatte sie richtig gehört?

Das kann doch gar nicht sein!

»Lies das bitte noch einmal vor!«, bat sie Michael energisch, der ihr gegenüber am Frühstückstisch saß und den Gesellschaftsteil der *Times* bereits wieder umgeblättert hatte. »Aber diesmal bitte den ganzen Artikel!«

Während er laut mit dem Papierwust raschelte, suchte er umständlich nach der Stelle, der er selbst wenig Bedeutung beigemessen hatte.

»Ach, hier«, sagte er nach einer kleinen Weile, die

Samantha wie eine Ewigkeit vorgekommen war.

»Hochzeit geplatzt!«, las er nun noch einmal laut, aber nicht minder desinteressiert.

»Stilikone Hazel McGregor besitzt alles, was eine Frau sich nur wünschen kann: makellose Schönheit, Jugend, Gesundheit, Geld, Erfolg – und an jedem Finger an die 1000 Verehrer. Doch eines scheint sie nicht zu haben, und das ist Glück in der Liebe ...

Sammy, wirklich! Warum zwingst du mich dazu, dir diesen gequirlten Mist noch einmal vorzulesen? Das erste Mal war doch schon zu viel! Und warum interessierst du dich überhaupt für das Liebesleben von diesem intriganten Miststück? Also, ich bin froh, wenn ich nichts von ihr höre, und das solltest du auch sein.«

»Gut, dann lese ich es eben selbst.«

Sie streckte ihm ihre Hand entgegen. Er zog eine Doppelseite aus der Zeitung und reichte sie ihr. Sie dankte ihm und machte es sich in ihrem Korbsessel gemütlich. Dann las sie den Artikel zu Ende und vergaß dabei beinahe das Atmen.

... Wie gerade erst bekannt wurde, hat der Society-Beau Timothy Browning schon vor ein paar Tagen die Verlobung gelöst – und das auch noch vier Wochen vor der groß angekündigten Märchenhochzeit, zu der über 3000 Gäste erwartet wurden! Auf die Frage nach seinen Zukunftsplänen erklärte der Schönling nur, er werde der Einladung eines Hollywood-Produzenten Folge leisten und für längere Zeit nach Kalifornien fliegen, angeblich für Probeaufnahmen. Wir vermuten aber: bis Gras über diese peinliche Angelegenheit gewachsen ist ... Den Grund für die Überraschungstrennung wollte er unserem Reporterteam leider nicht verraten, doch hinter den Kulissen brodeln die Gerüchte: Wie eine enge Vertraute des It-Girls verlauten ließ, ist die Rede von einer anderen Frau, die dem Adonis im Kopf oder, besser gesagt, im

Herzen herumspuken soll. Und das offenbar nicht erst seit gestern. Arme, reiche Hazel!

Samantha schluckte. Ihre Kehle war plötzlich wie ausgetrocknet.

Michael unterdrückte ein gelangweiltes Gähnen.

»Na, da hat ihr Wunderknabe ja gerade noch einmal die Kurve gekriegt. Hat er also doch noch das Kleingedruckte zu lesen bekommen«, sagte er und lachte halblaut auf, jedoch nicht ohne eine Spur von Spott.

»Sagtest du nicht gerade, Hazels Liebesleben interessiert dich nicht?«, fragte sie scheinbar belustigt nach einem großen Schluck Tee, in dem Bemühen, sich ihre Betroffenheit nicht anmerken zu lassen.

»Nur aus männlicher Solidarität. Dem Mann kann man zu seinem Entschluss doch nur gratulieren – unbekannterweise.«

»Ja.« Sie zog ihre Mundwinkel daraufhin ebenfalls nach oben. »So ist es.«

»Vielleicht könnten wir Hazel ja für die Eröffnung unserer Rosenschau gewinnen, was meinst du? Wo sie doch jetzt wieder ein paar freie Termine hat«, feixte er lachend.

»Gott bewahre!«, stieß Samantha aus und tat amüsiert. »Aber immerhin sind wir uns damals nach einer Rosenschau mit Hazel nähergekommen.«

»Das stimmt natürlich – Hazel sei Dank!«

Wenn Michael sich nicht sofort wieder in die neuesten Fußballergebnisse vertieft hätte, wäre ihm nicht entgangen, dass ihr Lächeln nur aufgesetzt war. Vielmehr war es in der nächsten Sekunde bereits wieder verschwunden.

Sie starrte auf ihren Teller, auf dem ihr angebissener Toast lag. Die Butter war an manchen Stellen bereits geschmolzen und in die dunkel geröstete Oberfläche versickert.

Sie spürte auf einmal einen dicken Kloß im Hals.

Nein, sie konnte jetzt nichts mehr hinunterbekommen.

Keinen einzigen Bissen.
»Weißt du zufällig, ob Roberta schon drüben im Waisenhaus ist?«, fragte sie, schob ihren Korbsessel zurück und erhob sich abrupt.
»Keine Ahnung«, sagte Michael. »Wieso?« Er legte die *Times* zur Seite, stand ebenfalls auf und nahm sich noch etwas Porridge vom Buffet.
»Ich wollte doch noch dringend etwas mit ihr besprechen, wegen dieses einen Adoptionsantrags, du weißt schon. Ich werde mal nachsehen gehen, ob sie noch im Haus ist.« Unter diesem Vorwand verließ sie mit eiligen Schritten die Orangerie.

Michael raunte eine Zustimmung, obwohl er nicht verstand, warum sie nicht einfach über das Haustelefon nachgefragt hatte.
Er nahm wieder am Frühstückstisch Platz und widmete sich erneut seiner Lektüre. Wie er es liebte, in Ruhe und ausgiebig zu frühstücken! Und dafür gab es für ihn auf der ganzen Welt eigentlich keinen geeigneteren Ort als dieses alte Gewächshaus auf Cardington Manor, umgeben von gläsernen Wänden, als würde man mitten im Park sitzen.
Schon in den nächsten Tagen würde er allerdings bereits in aller Frühe wieder zu einem neuen Projekt aufbrechen müssen. Samantha hatte er noch nichts davon erzählt, und das aus gutem Grund. So sehr er sich darauf freute, weil ihn dieser Auftrag ausgesprochen reizte, so sehr graute ihm auch vor der bevorstehenden Auseinandersetzung mit ihr. Und dass es darüber eine Auseinandersetzung geben würde, war so sicher wie die Tatsache, dass die Welt keine Scheibe war.
Die Gedanken daran setzten ihm derart zu, dass seine gute Laune mit einem Mal dahin war. Sein Magen fühlte sich plötzlich an, als hätte jemand darin eine Faust ge-

ballt. Michael schob den noch zur Hälfte gefüllten Teller von sich und seufzte.

Sie verstanden sich als Paar ansonsten wirklich gut. Auch wenn sich zwischen ihnen seit dem Kennenlernen die Ereignisse überschlagen hatten, ihre junge Ehe war doch eigentlich harmonisch zu nennen. Schließlich liebten sie sich von Anfang an.

Nur jedes Mal dann, wenn das Thema auf seine Aufträge außerhalb von Cardington Manor fiel, verwandelte sich die zärtliche Stimmung zwischen ihnen in eine Art Eiszeit.

Michael musste sich eingestehen, dass er daran nicht ganz unschuldig war. Es waren mit der Zeit immer mehr Projekte geworden – weit mehr, als Samantha und er zu Beginn ihrer Ehe vereinbart hatten. Damals war es um die Frage gegangen, ob sie Cardington Manor lieber hätten verkaufen sollen, oder ob sie diese überwältigend scheinende Anforderung gemeinsam würden meistern können.

Samantha hatte zu jener Zeit eindeutig zu einem Verkauf ihres Erbes tendiert. Sie wollte den *alten Kasten*, wie sie das altehrwürdige Herrenhaus anfänglich genannt hatte, und die damit verbundene Verantwortung am liebsten schnell loswerden.

Michael dagegen war sich ganz sicher gewesen, dass sie es schaffen könnten. Außerdem hatte ihn die außergewöhnliche Schönheit dieses Anwesens vom ersten Augenblick an fasziniert. So hatte er seine Frau schließlich dazu überredet, Charles' Vermächtnis doch zu behalten.

Doch mit der Zeit war es ihm öde geworden. Er kannte auf Cardington Manor inzwischen jeden Strauch, jeden Baum, jede Wiese und den exakten Verlauf des Baches, der sich durch das Anwesen hindurchschlängelte. Für ihn als prominenten Landschaftsarchitekten stellten sich die weiteren Herausforderungen äußerst überschaubar dar, vielmehr gab es sie nicht. Genau das war damals auch der

Grund gewesen, weshalb er das Angebot von Lord Cardington, Samanthas erstem Ehemann, ausgeschlagen hatte: Es gab auf Cardington Manor nicht mehr viel zu gestalten, nur noch zu verwalten, und das hatte Michael schon damals über die Maßen gelangweilt.

Deshalb beklagte sich Samantha inzwischen immer öfter bei ihm, dass sie sich mit all den auf sie abgewälzten Aufgaben überfordert fühlte – durch seine häufige Abwesenheit bedingt. Außerdem hatten sie doch inzwischen Verantwortung für zwei Kinder, die auch ihren Vater brauchten.

Michael hielt dann jedes Mal dagegen, sie steigerte sich da nur unnötig in etwas hinein und sie wären doch ohnehin gut organisiert.

Sie warf ihm wiederum regelmäßig vor, er würde sie im Stich lassen und sich nicht an die Vereinbarung halten.

Dabei wollte er sich doch so gerne daran halten – er wollte es wirklich!

Doch – als hätte der Teufel seine Hände im Spiel – wurden immer just dann neue, verlockende Angebote an ihn herangetragen, wenn er und seine Frau gerade wieder einen Streit zu diesem Thema hinter sich gebracht hatten.

Er wusste ganz genau, dass sie mit all ihren Vorwürfen recht hatte. Sogar verdammt recht! Er hatte nur keine Ahnung, wie er es ändern konnte.

Hinzu kam der Umstand, dass Samanthas Haltung bei ihm eine Art Trotzreaktion auslöste und seinen erloschen geglaubten Freiheitsdrang zum Glühen brachte.

Michael vergrub sein Gesicht in beiden Händen und seufzte tief.

Diese Situation war so verfahren und sie hatte nichts mehr gemein mit seinem ursprünglichen Lebensplan. Er wusste weder eine Lösung dafür noch wie er jemals wieder aus dieser Krise herauskommen sollte.

2

Samantha war hinausgeeilt in die Halle. Am Fuß der Freitreppe blieb sie einen Moment lang stehen und lehnte sich ans Geländer.

Sie brauchte eine Weile, um sich zu vergegenwärtigen, was sie soeben erfahren hatte. Doch es wollte ihr nicht in den Kopf. Timothy soll Hazel verlassen haben, und das ausgerechnet wegen einer anderen Frau. Vorausgesetzt, es handelte sich bei dieser Nachricht nicht nur um eine Sensation heischende Falschmeldung. Denn eine Sensation war die Neuigkeit allemal: Ganz England beobachtete dieses bildschöne Glamourpaar mithilfe der Medien seit Bekanntwerden ihrer Liaison. Und sowohl die Leser als auch die Presse waren sich darin einig: Einen würdigeren Ehemann für die anbetungswürdige Hazel McGregor konnte es gar nicht geben.

Samantha versetzte sich in Hazel hinein, wie sich diese Situation gerade für sie anfühlen mochte. Ob sie diese Schmach überhaupt jemals würde verwinden können? Und dass die plötzliche Trennung ihres Bräutigams eine Schmach für Hazel bedeutete, stand für Samantha außer Zweifel. Für einen Moment versuchte sie sich vorzustellen, wozu die verletzte junge Frau in dieser Situation wohl fähig sein würde. Wenn Hazel sich im vergangenen Sommer sogar zu einem Rachefeldzug gegen Michael hatte hinreißen lassen, obwohl er ihr nichts versprochen – ja, sie noch nicht einmal ermutigt hatte –, wozu wäre sie wohl nun imstande? Noch dazu ein paar Wochen vor der geplanten Traumhochzeit, deren Vorbereitungen in den letzten Monaten in sämtlichen Gazetten ausführlichst besprochen worden waren.

Zwar konnte sie es sich nicht erklären, aber in diesem Augenblick empfand sie sogar so etwas wie Mitleid mit der an sich so beneidenswerten Hazel McGregor.

Sie musste sich fragen, warum diese Angelegenheit ihr selbst so naheging. Vielleicht deswegen, weil sie nun endgültig die Bestätigung erhalten hatte, dass es sich bei Timothy Browning um einen üblen Schürzenjäger handelte, einen Frauenhelden, der nie etwas anbrennen ließ. Nicht einmal dann, wenn er mit der schönsten Frau Englands verlobt war und kurz vor der Hochzeit mit ihr stand.

Es trifft immer den, den es betrifft, schoss es ihr durch den Kopf. War sie selbst denn auch betroffen? Ihre letzte Begegnung mit Timothy war nun schon über ein halbes Jahr her. Sie war sehr erleichtert – und jetzt sogar noch mehr –, dass diese unleidige Angelegenheit aus ihrem Leben verschwunden war. Und ohne dass Michael etwas davon hatte erfahren müssen. Es hätte ihn womöglich sehr verletzt und ihre junge Ehe nur unnötig gefährdet. Sie hatte auch immer seltener an Timothy und sein unverschämtes Auftreten gedacht. In der letzten Zeit eigentlich so gut wie nie mehr. Auch nicht an seine unglaublich sinnlichen Berührungen, die sie damals fast den Verstand gekostet hatten.

Aber jetzt, in diesem Augenblick, schlug ihr das Herz so heftig, als würde es ihren Brustkorb sprengen.

Samantha verstand die Welt nicht mehr.

Was war nur los mit ihr?

»Liebes, was ist denn los mit dir?«, fragte Roberta, als hätte sie ihre Gedanken gelesen. »Geht es dir nicht gut?«

»Äh ... guten Morgen, Roberta! Doch ... doch, alles in Ordnung«, erwiderte sie erschrocken und bemühte sich darum, heiter auszusehen. »Wo ... wo kommst du denn so plötzlich her?«

»Von oben! Hast du mich denn nicht gesehen? Ich bin doch gerade vor deinen Augen die Treppe heruntergekommen.« Roberta musterte sie nachdenklich. »Du wirkst, als hättest du ein Gespenst gesehen.« Dann schüttelte sie den Kopf und sah sie besorgt an. »Ist wirklich alles in Ordnung mit dir, meine Liebe?«

»Ja, ja … ich bin einfach nur … müde«, sagte Samantha und zwang sich zu einem glücklichen Lächeln. »Ich habe dir doch neulich erzählt, dass Colin wohl gerade wieder Zähnchen bekommt? Er hat mich die halbe Nacht wach gehalten und schläft sich jetzt gerade aus. Ich wollte im Moment nach ihm sehen gehen.«

Sie tippte auf das Babyfon, das an ihrem Gürtel befestigt war. Dann drückte sie der alten Dame einen Kuss auf die Wange und hastete an ihr vorbei die Treppe hinauf.

Roberta blickte ihr skeptisch hinterher. »Soso, die Zähnchen …«

Aber das hörte Samantha schon nicht mehr. Sie nahm nur noch ihren beschleunigten Herzschlag wahr und hoffte inständig, dass sie in der Gegenwart ihres Babys abgelenkt sein würde und wieder auf andere Gedanken käme. Mit fast einem Jahr war Colin nun im eigentlichen Sinn kein Baby mehr. Immer öfter machte er inzwischen seine Umgebung unsicher, indem er sich an Möbeln hochzog und die darauf befindlichen Gegenstände mit einer resoluten Bewegung seiner Ärmchen abräumte. Wenn seine Mutter ihn hierbei erwischte, lachte er meistens und entblößte dabei zwei winzige Zähne. Samantha war dann völlig von ihm hingerissen.

»Verzeihung, Mrs Tomlinson, ein Gespräch für Sie! Soll ich es auf den Apparat im Arbeitszimmer legen?«, rief Henderson von der Halle aus empor, als Samantha gerade den Treppenabsatz zur oberen Etage erreicht hatte.

»Ja, danke, Henderson! Wer ist es denn?«, fragte sie und änderte bereits die Richtung zum Ostflügel, wo sich ihr Büro befand.

»Der Anrufer ist ein Mr Browning, Madame.«

Samantha erstarrte und fühlte sich im selben Moment, als würde ihr das Blut in den Adern gefrieren. *Timothy! Um Gottes willen! Wie kann er es nur wagen, hier anzurufen?*, schoss es ihr im Bruchteil einer Sekunde durch den Kopf. Und vor allem: Was wollte dieser Mann noch von ihr? Warum konnte er sie nicht einfach in Ruhe lassen und – mit wem auch immer – glücklich werden?

Um sich nun auch vor dem Butler nichts anmerken zu lassen, beschleunigte sie ihre Schritte und schloss hastig die Tür des Arbeitszimmers hinter sich. Und wieder spürte sie ihren Herzschlag – noch heftiger als zuvor. Vielmehr hörte sie nun ein lautes, rhythmisches Pochen, das ihr von der Brust ausgehend in den Kopf dröhnte.

Da stand sie nun mit dem Rücken zur Wand und starrte den Apparat an, auf dem ein rotes Lämpchen in kurzen Intervallen grell und unerbittlich blinkte, als würde es vor einer Katastrophe warnen wollen.

Und wenn ich einfach nicht rangehe?

Doch diese Möglichkeit verwarf sie im selben Moment. Das war unmöglich. Schon wegen Henderson. Dieser dienstbeflissene Mensch würde sofort nach ihr sehen kommen und sich vergewissern, ob die Verbindung etwa durch einen Fehler seinerseits nicht zustande gekommen war. Oder er würde sie fragen, ob er das Gespräch lieber auf ein anderes Telefon legen sollte.

Und wenn Michael mir dann zuvorkommt und rangeht? Bei dieser Vorstellung brach ihr erst recht der Schweiß aus und sie zog es vor, die Sache lieber hinter sich zu bringen. Sie hastete an den Schreibtisch und ergriff mit vor Aufregung feuchter Hand den Hörer.

»Hallo?« Ihr Herz schlug ihr jetzt so heftig gegen den Brustkorb, dass sie sich sicher war, Timothy würde es hören können.

»Hallo? Mrs Tomlinson?«

Das war nicht Timothys Stimme. Samantha stutzte.

»Ja, bitte?«

»Anthony Browning am Apparat! Guten Tag, Mrs Tomlinson! Rufe ich ungelegen an oder dürfte ich Sie einen Moment lang stören?«

Es war Timothys Vater. Samantha atmete unhörbar auf. Sie hatte keinerlei Vorstellung, was für einen Grund es geben könnte, dass dieser Mann noch einmal mit ihr in Kontakt trat. Aber die Tatsache, dass er es war und nicht sein Sohn, löste eine unglaubliche Erleichterung in ihr aus, sodass sie sich fast über seinen Anruf freute.

»Ja, guten Tag, Mr Browning! Wie schön, von Ihnen zu hören!« Sie bemühte sich, ihn ihre Aufregung nicht merken zu lassen. »Nein, Sie stören keineswegs. Was kann ich denn für Sie tun?«

»Sehr freundlich von Ihnen, Mrs Tomlinson! Ich weiß gar nicht, ob ich Ihnen damals überhaupt in ausreichendem Maße für Ihre Großherzigkeit gedankt habe.«

»Doch, das haben Sie, Mr Browning, ganz bestimmt!«

»Mrs Tomlinson, Sie können nicht einmal erahnen, was für eine Freude Sie mir damit gemacht haben, dass Sie mir meinen Hengst zurückgegeben haben … Niemand kann das je ermessen …«

»Es ist mir einfach ein großes Bedürfnis gewesen, dieses Unrecht wiedergutzumachen, das Charles damals an Ihnen begangen hatte. Zumindest das Pferd betreffend – gegen die Folgen, die diese Angelegenheit für Sie persönlich noch nach sich gezogen hat, bin ich natürlich machtlos.«

»Ich bitte Sie, gnädige Frau. Ihre großzügige Geste hebt für mich das meiste wieder auf.«

Er räusperte sich kurz. »Aber ich rufe Sie heute aus einem anderen Grund an.«

»Und der wäre?«

»Ich wollte Ihnen einen Vorschlag unterbreiten, Mrs Tomlinson. Was würden Sie denn davon halten, wenn wir unsere persönlichen Interessen zusammenführen würden?«, begann er zögerlich.

Samantha schluckte. Hatte die Sache doch etwas mit Timothy zu tun? Oder mit dessen Trennung von Hazel?

»Ich denke, jeder von uns hat etwas Wichtiges, das der andere braucht«, fuhr Mr Browning fort.

Samantha hatte keine Ahnung, wovon der Mann sprach. »Wie ... wie meinen Sie das?« Vorsichtshalber stellte sie sich auf ein längeres Telefonat ein und nahm auf dem bequemen Schreibtischsessel Platz.

»Nun ... ich besitze einen der wertvollsten Zuchthengste Englands und müsste mich nach meinem privaten Desaster eigentlich längst wieder erholt haben. Doch für den neuen Leiter meiner Hausbank – so ein junger Schnösel, wissen Sie! – stellt *Black Velvet Unicorn* keine kreditwürdige Sicherheit dar. Also außer den paar Peanuts, die er mir großzügigerweise und zu einem horrenden Zinssatz zugestanden hat ... Seine Begründung: Auch ein edler Zuchthengst ist ein Lebewesen und die haben ja bekanntlich die Angewohnheit zu sterben. Keine Ahnung von Pferden, der Mann ...«

»Verstehe ...«, sagte Samantha, obwohl sie keineswegs verstand, warum er ihr das erzählte. »Und jetzt möchten Sie mich fragen, ob ich Ihnen ein Darlehen gewähren würde?«

»Aber nein, gnädige Frau! Wo denken Sie hin? Auf solch eine Idee würde ich im Traum nicht kommen! Ich wollte Sie fragen, was Sie davon halten würden, wenn wir unsere Zuchtbetriebe zusammenlegen würden.«

Über solch eine Möglichkeit hatte sie sich noch nie Gedanken gemacht. Das Gestüt von Cardington Manor war immer eigenständig gewesen.

»Zusammenlegen? Und wie stellen Sie sich das vor? Wie soll das gehen?«

»Ich könnte mit *Black Velvet Unicorn* wieder nach

Cardington Manor zurückkommen. Und ich könnte wieder der Leiter Ihres Gestüts sein, aber Sie müssten mir diesmal kein Gehalt zahlen. Den Erfolg könnten wir schließlich unter uns aufteilen – also so, dass es für Sie interessant wäre, natürlich!«

»Hm …«, entgegnete Samantha nachdenklich. »Und wie sind Sie auf diese Idee gekommen?«

»Ich möchte ganz ehrlich mit Ihnen sein, Mrs Tomlinson: Ich stehe mit dem Rücken zur Wand! Dieser Kleinkredit von meiner Bank ist bereits für Futter, Stroh und einen winzigen Stall draufgegangen, den ich mieten musste, weil ich damals ja mein gesamtes Anwesen verloren habe.«

»Ach so ist das«, sagte sie und nickte. »Verstehe …«

»Ich bin eigentlich schon wieder in der Situation, meinen *Black Velvet Unicorn* verkaufen zu müssen. Da hatte mein Sohn Timothy die Idee, Ihnen diesen Vorschlag zu unterbreiten, weil er ja weiß, wie sehr ich an meinem Hengst hänge und …«

Bis zu diesem Moment hatte Samantha der Gedanke gut gefallen, mit Anthony Browning gemeinsame Sache zu machen. Sie mochte diesen freundlichen, warmherzigen Mann. Und es war ihr im Laufe des Gesprächs sogar gelungen, seinen Namen nicht in Zusammenhang mit der Notiz im Gesellschaftsteil der *Times* zu sehen.

Doch als die Rede nun auch noch auf Timothy kam, geriet sie in Panik.

»Das wäre an sich eine tolle Geschäftsidee, Mr Browning – wenn die Stelle inzwischen nicht schon anderweitig besetzt wäre«, log sie und beeilte sich, das Gespräch zu beenden.

»Leider! Ich kann nichts für Sie tun. Aber bestimmt finden Sie jemanden, der dazu bereit wäre.«

»Ach so? Aber ich hatte gehört, dass die Stelle nicht …«

»Doch ist sie! Seit Kurzem! Auf Wiederhören, Mr Browning! Und alles Gute für Sie und *Black Velvet Unicorn*!«

Erleichtert warf sie den Hörer auf den Telefonapparat und verließ das Arbeitszimmer, um endlich nach Colin zu sehen.

3

So sehr Samanthas Verhalten sie auch verwundert hatte, Roberta war froh, dass die Begegnung mit ihr nur so kurz gewesen war. Denn sie hatte ihre eigenen Sorgen. In Liebesangelegenheiten. *Ausgerechnet!*
Dass sie sich das auf ihre alten Tage nochmals würde selbst eingestehen müssen, hätte sie niemals für möglich gehalten. Wie sehr sich ihr Leben doch in den letzten anderthalb Jahren verändert hatte! Das konnte doch alles gar nicht wahr sein!
Und jetzt auch noch das!
Roberta war über ein gewisses Ereignis so sehr erregt, dass sie das Wort dafür nicht einmal denken, geschweige denn aussprechen konnte. Nicht einmal im Stillen vor sich selbst. Und schon gar nicht vor Samantha und Michael.
Was sollte sie den beiden nur sagen? Wo sie doch so viel für sie getan hatten!
Wie würden sie das Ganze nur aufnehmen?
Und: Würden sie es ihr jemals verzeihen können?
Noch dazu stand die Eröffnung der Rosenschau unmittelbar bevor. Roberta hatte ihnen für diese Zeit ausdrücklich ihre vollumfängliche Unterstützung für die Betreuung ihrer Söhne Colin und Frank zugesichert.
Beim Gedanken an das bevorstehende Gespräch brach ihr der Schweiß aus allen Poren und ihr wurde abwechselnd heiß und kalt.
Ohne dass sie es bemerkt hätte, befand sie sich schon ein gutes Stück weit vom Haupthaus entfernt auf dem Weg ins Kinderheim.
Vielleicht ergäbe sich ja demnächst eine Gelegenheit, um mit den beiden zu sprechen.
Oder morgen! Morgen ist ja auch noch ein Tag!

Dabei wusste Roberta genau, dass die Angelegenheit keinen Aufschub mehr duldete. Vielmehr war es höchste Zeit, Samantha und Michael endlich einzuweihen. Sie verstand selbst nicht, warum sie es nicht längst getan hatte. Es gab so viele Dinge für die nächsten Wochen und Monate zu bedenken und zu entscheiden, und die Zeit rann ihr inzwischen buchstäblich durch die Finger. Dazu kostete diese kindische Geheimniskrämerei auch noch unnötig viel Kraft und Konzentration. Dauernd musste sie aufpassen, sich nicht zu verplappern.

Damit sollte nun Schluss sein! Noch heute – heute Abend – würde sie die beiden um ein Gespräch bitten.

Roberta lachte über sich selbst, als sie bemerkte, dass sie bereits vor der Tür von *Cardington Home* stand, dem Waisenhaus der Lord Cardington Stiftung. Sie ging hinein und machte sich als Erstes auf die Suche nach Mildred Boyle, die seit Franks Entführung als Kinderschwester im Waisenhaus tätig war. Sie machte sich sehr gut in diesem Beruf, wie Roberta fand, und diese Tatsache war für ihre Pläne nicht unerheblich.

»Könnte ich Sie bitte kurz in meinem Büro sprechen? Es wäre dringend«, sagte sie zu Mildred, die gerade ein paar Kindergartenkinder beim Spielen beaufsichtigte. »Vielleicht kann Martha Sie ein paar Minuten vertreten?«

Mildred Boyle folgte Roberta ins Büro und setzte sich auf den ihr angebotenen Stuhl vor dem Schreibtisch. Sie war plötzlich aufs Höchste angespannt und zitterte.

Was wollte die alte Dame nur von ihr?
War sie vielleicht mit ihrer Arbeit nicht zufrieden?
Gab es irgendetwas auszusetzen?
Oder war sie etwa zu alt für diesen Beruf?
Nein, das war es bestimmt nicht. Roberta Gilchrist war mindestens zwanzig Jahre älter als sie und noch immer in der Kinderbetreuung tätig.

Aber was war es dann? Hatte sie womöglich einen Fehler gemacht?

Wo sie sich doch solche Mühe gab, alles richtig zu machen! Es machte ihr außerdem unglaublich viel Freude, in diesem Waisenhaus zu arbeiten. Manchmal gelang es ihr sogar, nicht mehr an ihren Ehemann und seine brutalen Misshandlungen zu denken. Und an die Tatsache, dass er sie möglicherweise vom Gefängnis aus suchte, um sie für ihren Verrat büßen zu lassen. Dieses Kinderheim war nun auch für sie mit ihren achtundvierzig Jahren zu einer Art Zuflucht geworden: Ein Ort, an dem sie Schutz und ein neues Zuhause gefunden hatte. Und das konnte nun mit einem Mal vorbei sein.

Bitte, lieber Gott ...

»Mildred? Haben Sie gehört, was ich gesagt habe?«, fragte Roberta.

»Nein, verzeihen Sie, Mrs Gilchrist, ich war ganz in Gedanken.«

»Was ist denn mit Ihnen los, meine Liebe? Sie sind ja ganz blass und zittern am ganzen Leib!« Roberta sah sie besorgt an.

»Es ist ... es ist eigentlich nichts, ... aber ... aber ich habe so schreckliche Angst vor dem, was Sie mir vielleicht gleich sagen werden. Ob Sie mir jetzt vielleicht kündigen und ...«

Roberta lachte auf.

»Ich wollte nur wissen, ob Sie zufrieden mit Ihrer Stellung in *Cardington Home* sind, weil ich nämlich außergewöhnlich zufrieden mit Ihnen und Ihrer Arbeit bin, meine liebe Mildred.«

Mildred Boyle atmete erleichtert auf und sah Roberta an. Tränen füllten ihre Augen.

»Und nennen Sie mich bitte *Roberta*!«

»Danke schön, Roberta! Ich bin hier mehr als zufrie-

den, ich würde es sogar glücklich nennen.«
Sie putzte sich die Nase. »Und was Sie gesagt haben, freut mich natürlich ganz besonders.«

»Dann ist ja alles in Ordnung«, sagte Roberta und überlegte einen Moment, ob es klug wäre, die Frau zu diesem Zeitpunkt in ihre – noch geheimen – Pläne einzuweihen.

»Ganz allgemein gesprochen: Könnten Sie sich vorstellen, meine liebe Mildred, in der nächsten Zeit noch mehr Verantwortung hier im Haus zu übernehmen?«

Mildred Boyle bejahte und sah die alte Dame fragend an.

Roberta schwächte ab: »Ach ... das war wirklich nur eine grundsätzliche Frage – es ist noch nichts spruchreif und ich bitte Sie inständig um absolut vertrauliche Behandlung unseres Gesprächs!«

»Selbstverständlich, Roberta! Sie können sich auf mich verlassen«, sagte Mildred, bevor sie aufstand und das Büro wieder verließ.

Roberta nickte zufrieden und wusste sich ihrem Vorhaben einen großen Schritt näher.

4

Zur verabredeten Zeit, um 20:30 Uhr, klopfte Roberta an die Tür des Wohnbereichs von Samantha und Michael. Vorsorglich hatte sie ihre Herztropfen eingenommen, doch die Aufregung pulsierte trotzdem heftig durch ihre Adern und dröhnte bis hoch in ihren Kopf.

Nach einem freundlichen »Nur herein!« von Michael trat sie ein und sie begrüßten einander.

»Na, schlafen unsere Lieblinge schon?«, fragte sie, um ihre Nervosität zu überspielen. Dann nahm sie neben Samantha auf dem Sofa Platz. Michael saß zu ihrer Linken auf einem Sessel und bot ihr mehr der Form halber einen Whiskey an, weil er selbst gerade einen trank. Sie wollte zuerst ablehnen, weil sie Alkohol eigentlich nicht gewöhnt war, doch dann entschied sie sich anders.

»Danke, ja! Das könnte jetzt genau das Richtige für mich sein«, sagte sie und griff dann nach dem klobigen Kristallbecher, in dem neben einer honigfarbenen Flüssigkeit noch ein paar kantige Eiswürfel schwammen. Unter den erstaunten Blicken von Samantha und Michael nahm sie einen kräftigen Schluck davon.

»Jetzt gehts mir schon viel besser!«, sagte sie entschlossen und stellte das Glas vor sich auf dem Couchtisch ab.

»Hui!«, rief Michael. »Das sieht ja aus, als müsstest du dir Mut antrinken, bevor du mit uns sprichst!«

»Damit hast du gar nicht so unrecht, mein Junge«, sagte die alte Dame und seufzte.

Er lachte. »Das macht mich jetzt aber ganz besonders gespannt!«

»Was hast du denn auf dem Herzen, Roberta?«, fragte Samantha und legte die Hand auf Robertas Unterarm, um

sie zum Reden zu ermutigen.»Immer freiheraus!«
»Ach, ich weiß ja noch nicht einmal, womit ich anfangen soll.« Sie wagte es nicht, den beiden in die Augen zu sehen.»Ihr wisst ja, dass Henderson ... äh ... ich meine, Richard demnächst in den Ruhestand geht.«
»Natürlich, das ist uns bekannt«, sagte Michael.»Wir suchen ja bereits seit Wochen nach einem passenden Nachfolger für ihn.«
»Na ja ... Richard hat mich zu einer Reise eingeladen.«
»Das ist doch wunderbar! Und darüber machst du solch ein Geheimnis?« Samantha nahm Roberta in den Arm und drückte sie ganz fest.»Ich freue mich so für dich, meine Liebe, dass du jetzt auch noch die Gelegenheit bekommst, andere Länder kennenzulernen!«
»Wo soll's denn hingehen?«, fragte Michael.
»Genau das ist der Punkt.« Etwas verstohlen sah sie die beiden nun von der Seite an.»Es soll eine Reise durch Europa werden.«
»Eine Europareise? Das ist ja toll!«, riefen Samantha und Michael fast gleichzeitig.
»Ich freue mich wirklich sehr für dich, liebste Roberta«, wiederholte sich Samantha.
»Das haben wir für irgendwann auch einmal vor, nicht wahr, Schatz?«, sagte Michael.»Wann soll's denn losgehen?«
Roberta atmete hörbar aus.
»Und das ist genau der Grund, warum es mir schwerfällt, mit euch darüber zu sprechen ... Wir werden den gesamten Juli auf Reisen sein. Also unmittelbar, nachdem Richard zu arbeiten aufgehört hat.«
»Aber das ist ja schon in drei Wochen!«, rief Samantha.»Und einen ganzen Monat lang?«
Ihre Stimme überschlug sich vor Schreck.»Ich habe im ersten Moment gedacht, du sprichst vom Herbst.«

»Es fällt ihm sehr schwer, von Cardington Manor wegzugehen, wisst ihr, eigentlich redet er von nichts anderem mehr. Und da hat er sich gedacht, es wäre bestimmt das Beste, wenn er sofort nach seinem letzten Arbeitstag verreist, weil er dann gleich auf andere Gedanken kommt, wenn er etwas sieht, das er noch nicht kennt.«

»Aber die Rosenausstellung wird doch in einer Woche eröffnet und du hast mir doch versprochen, dass du dich während der ersten Wochen …« Samanthas Stimme klang inzwischen leicht hysterisch.

»Ich weiß, Samantha, aber ich kann es nicht mehr ändern. Richard und ich haben uns in den letzten Monaten öfter ganz allgemein über Reiseziele unterhalten – wir haben ja beide noch nichts von der Welt gesehen, wie ihr euch vorstellen könnt. Er hat dann irgendwann alles ohne mein Wissen arrangiert – ein großer Teil seiner Ersparnisse ist dafür draufgegangen! Die ganzen Unterlagen hat er mir dann an dem Abend überreicht, als er mir den Heiratsantrag gemacht hat und …«

»Auch noch einen Heiratsantrag!«, riefen die beiden schon wieder unisono und sahen sich verblüfft an.

»Da kann man ja nur gratulieren«, sagte Michael, küsste Roberta auf die Wange und goss sich lachend einen Whiskey nach. »Ihr seid mir ja zwei Geheimniskrämer.«

»Danke … ich weiß, ich sollte hier eigentlich mit Richard vor euch sitzen, aber ich wollte unbedingt erst mit euch alleine reden.«

»Äh … ja … herzlichen Glückwunsch auch von mir, liebe Roberta«, stammelte Samantha, als sie sich von diesen Neuigkeiten etwas erholt hatte.

»Aber bitte erlaube mir die Frage: Findest du nicht, dass ihr ein wenig überstürzt vorgeht? Ich meine, wie lange kennt ihr euch denn?«

Michael lachte laut auf.

»Ich finde, gerade hörst du dich an, als wärst du

Robertas Mutter, mein Schatz!«
»Entschuldigung! Ich bin eben sehr überrascht deswegen und mache mir Sorgen um meine Freundin!«
»Aber das müssen die beiden doch selbst wissen, Sammy! Findest du nicht? Schließlich sind sie alt genug!«
»Lass nur, Michael! Ich weiß, was sie meint, und vor allem weiß ich, dass sie es nicht böse gemeint hat«, sagte Roberta. Und zu Samantha gewandt: »Glaub mir, meine Liebe, ich bin darüber mindestens so überrascht wie du – eher noch mehr. Aber Richard und ich sind nun beide schon fast in den Siebzigern. Uns bleiben nicht mehr so viele Jahre, wie wenn man sich mit zwanzig oder dreißig Jahren begegnet. Da hat man ja praktisch noch das ganze Leben vor sich und kann sich Zeit lassen beim Kennenlernen und mit all diesen Schritten. Was wir dagegen haben, ist Lebenserfahrung und Menschenkenntnis – zumindest bilden wir uns ein, dass das so ist«, räumte sie lachend ein, bevor sie fortfuhr: »Wenn es dich beruhigt, Samantha, Richard wollte eigentlich, dass wir zuerst heiraten und diese Reise sollte dann gleich auch unsere Hochzeitsreise sein. Aber das ging mir dann doch etwas zu schnell! Ich habe ihm gesagt, dass es mir lieber wäre, wenn wir zuerst verreisen würden – schließlich haben wir ja noch nie Zeit alleine miteinander verbracht. Und wenn alles gut geht, wovon ich ausgehe, können wir ja danach immer noch heiraten.«

Samantha lächelte sie mit Tränen in den Augen an.

»Bitte verzeih mir, liebste Roberta, ich wollte dir wirklich nicht die Freude verderben, aber es kam alles so überraschend für mich, und ausgerechnet jetzt. Dabei habe ich gar nicht bedacht, dass es für dich ja auch eine ganze Menge Überraschungen waren.«

»Da hast du ganz recht, so war es auch«, sagte Roberta, »und dabei habe ich euch noch nicht einmal alles erzählt.«

»Was? Etwa noch eine Neuigkeit?«

»Bring es uns bitte schonend bei«, feixte Michael.

»Also, ich frage euch jetzt einfach freiheraus: Hättet ihr etwas dagegen, wenn Frank uns auf der Reise begleitet?«

»Frank? Frank soll mit euch kommen?« Schon wieder sprachen Samantha und Micheal fast im Chor und schauten sich danach erstaunt an.

»Ja, ich weiß, das kommt jetzt auch sehr überraschend für euch, aber ich würde mich dann irgendwie sicherer fühlen … mehr in meinem Element, versteht ihr? Und der Junge ist doch noch nie verreist in seinem ganzen Leben. Für ihn wäre es sicher ein ganz tolles Erlebnis, wenn er etwas von der Welt kennenlernt. Die Reise würde zeitlich auch genau mit seinen Sommerferien zusammenfallen.«

Erleichtert darüber, dass sie nun all ihre Geheimnisse losgeworden war, sah sie die beiden freudestrahlend an, erntete aber nur verwunderte Blicke.

»Und wir würden natürlich sehr gut auf ihn aufpassen«, fügte sie deshalb noch hinzu. »Wie meinen eigenen Augapfel würde ich …«

»Roberta …«, unterbrach Samantha sie kopfschüttelnd. »Also ich brauche jetzt auch erst einmal etwas Hochprozentiges!« Sie stand auf und ging hinüber zu einem Serviertisch, auf dem einige Kristallkaraffen angerichtet waren, und goss sich einen Cognac ein. »Und dann sehen wir weiter …«

Michael schenkte Roberta und sich selbst noch einmal von dem Whiskey nach und erhob sich und sein Glas feierlich für einen Trinkspruch.

»Trinken wir auf unsere liebe Roberta, die Braut! Möge sie auf ewig glücklich sein!«

»Ja, auf Roberta, unsere Braut!«, stimmte Samantha lachend ein.

5

Die Vorbereitungen für die Rosenschau liefen auf Hochtouren. Sechs Wochen zuvor waren hunderte persönliche Einladungen an Ehrengäste versendet worden. Die meisten von ihnen hatten ihr Erscheinen bereits zugesagt. Die Presse war ebenfalls informiert worden und warb nun in ganzseitigen Berichten für dieses lokale Großereignis.

Auf Cardington Manor wurde nun jede Hand gebraucht. Das gesamte Personal war eingebunden und viele hatten voller Stolz zusätzliche Aufgaben übernommen.

Wenn Frank vormittags in der Schule war, brachte Samantha Colin hinüber ins Waisenhaus, wo er dann zusammen mit den anderen Kleinkindern vom Pflegepersonal betreut wurde, damit Roberta ihr beim Schmücken des Geländes behilflich sein konnte.

Sogar das Wetter zeigte sich in diesen Tagen von seiner besten Seite: Der Himmel strotzte in strahlendem Blau und wolkenlos, die Junisonne schien, wie man es von ihr erwartete, und das Meer schickte mit einer sanften, beständigen Brise einen Gruß.

Direkt neben der *Hochzeitswiese*, dem Ort, an dem die Ausstellung stattfinden sollte, standen die beiden Frauen im Schatten einer riesigen, uralten Eiche vor einem Tisch. Samantha verwandelte verschieden breite cremefarbene Seidenbänder zu üppig verspielten Schleifen, und Roberta befestigte diese danach an den zahlreichen Hinweisschildern und Ziergegenständen für die Beete.

»Was habt ihr denn eigentlich vor? Ich meine, wo werdet ihr nach der Hochzeit leben, Henderson und du? … Äh, ich wollte sagen, dein Richard und du!«

Samantha lächelte versonnen. »Für mich wird er wohl immer irgendwie *Henderson* bleiben ...«

Roberta lächelte ebenfalls. »... und für mich ist der Name *Henderson* inzwischen ungewohnt und fremd. Komisch, nicht wahr? Obwohl ich doch höchstwahrscheinlich diesen Namen bald tragen werde.« Sie steckte ihr fertiges Werk neben sich in den Boden und wandte sich dem nächsten zu.

»Mrs Roberta Henderson!«, verkündete Samantha gespielt würdevoll und kicherte danach.

Und auch Roberta entlockte sie mit diesem Jungmädchenspiel ein Lächeln, bevor diese fortfuhr: »Um aber auf deine Frage zu antworten, Liebes: Ehrlich gesagt, ich weiß es nicht. Ich sollte es langsam mal wissen – du hast völlig recht –, aber wenn ich ehrlich zu mir selbst bin, habe ich es gründlich vermieden, mich damit auseinanderzusetzen. Richard hat sich vor langer Zeit schon eine kleine Wohnung in Rye gekauft – als seinen Alterswohnsitz sozusagen. Er hatte sie all die Jahre über vermietet. Ich denke, dort werden wir wohl leben.«

»In Rye!« Samantha überschlug blitzschnell im Kopf, wie lange sie mit dem Wagen dorthin brauchen würde und ob es Roberta dann überhaupt möglich sein würde, aus eigener Kraft zu ihr nach Cardington Manor zu kommen.

»Bevor ich mit Richard zusammengekommen bin, ist das hier für mich die letzte Station meiner Lebensreise gewesen.« Sie machte mit einer freien Hand eine ausladende Geste in die Umgebung, während der Daumen der anderen Samantha bei der Herstellung einer Schleife behilflich war.

»Dieser Umzug hierher – mit dem Kinderheim und allem Drum und Dran ...« Roberta seufzte und schüttelte langsam den Kopf. »... der hat mich damals sehr viel Kraft gekostet. Und wenn ich jetzt nur daran denke, dass mir das nun wieder blüht …«

Sie verdrehte die Augen und brachte das nächste fertiggestellte Kunstwerk in die Erde.

»Ich verstehe«, sagte Samantha und reichte ihr vorsichtig eine dunkelrote Rosenkugel.

Auf einem Beistelltisch standen ein großer Tonkrug mit Eistee sowie ein paar Trinkgefäße. Samantha goss Tee in zwei Becher und sie erfrischten sich kurz.

»Mein Bedarf an grundlegenden Lebensveränderungen ist eigentlich gedeckt gewesen.« Roberta lachte und zuckte mit den Achseln. »Aber was soll's – es gehört eben dazu, und damit basta!«

»Tja, so ist das wohl.« Samantha legte eine weitere reich geschmückte Schleife vor Roberta auf den Tisch. »Ach ja, was ich dir ja noch sagen wollte: Michael und ich haben gestern noch lange darüber geredet, bevor wir mit unserem Sohn gesprochen haben. Frank darf euch begleiten – falls ihr das wirklich noch vorhabt.«

»Selbstverständlich haben wir das noch immer vor! Ach, das freut mich sehr! Wie hat er denn reagiert?«

»Zuerst war ihm wohl angst und bange, wegen der langen Zeit und auch, weil er zum ersten Mal von seiner Familie getrennt sein würde und so. Und natürlich auch wegen Robin. Dann habe ich ihm fest versprochen, dass Mrs Boyle, Rose und ich uns in der Zeit abwechselnd um seinen Hund kümmern. Und jetzt ist er völlig aus dem Häuschen vor Freude!«

»Das ist ja wunderbar!«

Eine ganze Weile arbeiteten sie schweigend weiter, jede in ihre eigenen Gedanken vertieft, während die Anzahl der hübschen Ziergegenstände in den Beeten stieg.

Dann rief Samantha plötzlich in die konzentrierte Stille: »Ich finde, er sollte die Loge behalten!«

Roberta blickte sie verwundert an. »Wen meinst du? Und welche Loge überhaupt?«

»Na, Henderson ... äh ... deinen Richard, natürlich! Ich finde, er sollte seine Butler-Loge behalten, bis ihr genau wisst, wo ihr leben wollt. Auf jeden Fall, bis ihr von eurer Weltreise wiederkommt.«

»Meinst du wirklich? Aber die wird doch für Hendersons Nachfolger gebraucht werden – jetzt sage ich schon *Henderson*!« Roberta lachte. »Dieser Mensch muss doch dann auch irgendwo wohnen.«

»Ach, den kriegen wir schon untergebracht! Außerdem ist noch niemand konkret in Aussicht. Ich denke, für ... deinen Richard ...« Samantha lächelte, »... gibt es zurzeit auch jede Menge Veränderungen und nur die wenigsten davon dürften ihm gefallen, da bin ich mir sicher. Da wäre es doch nett, wenn er nach eurer Rückkehr wenigstens noch sein altes Herrenzimmer vorfindet. Immerhin hat er doch über vierzig Jahre darin gewohnt. Und dann könnt ihr weitersehen und gemeinsam entscheiden.«

»Das ist ja nett von dir! Eine ganz reizende Idee! Es wird ihn sicher freuen.«

»Nicht ganz ohne Eigennutz, meine liebe Roberta. Auch für uns und die Kinder wird es ohne dich schwer werden. Schließlich bist du unsere Familie!«

»Und ihr seid meine«, erwiderte die alte Dame und wischte sich mit dem Handrücken ein Glitzern aus den Augen.

»Möchtest du ihn vielleicht fragen, ob es eventuell gut wäre, wenn er seinen letzten offiziellen Arbeitstag auch auf nach der Reise verlegen würde? Ich weiß, er hatte es anders geplant, aber ich fürchte, dass er sich damit ein wenig übernimmt. Ich würde mir das auch für mich selbst ziemlich anstrengend vorstellen – ein ganzes Berufsleben zu beenden und am nächsten Tag eine vierwöchige Europareise anzutreten. Gerade wenn man das Reisen und die damit verbundenen Vorbereitungen nicht so gewohnt ist.«

»Wahrscheinlich hast du auch damit recht, Liebes.

Richard erhofft sich damit wohl, dass er dann vor lauter Stress keine Zeit hat, rührselig zu werden und die Contenance zu verlieren. Aber das wird ihm wohl diesmal nicht erspart bleiben. Ich spreche heute Abend noch einmal mit ihm über alles und dann werden wir sehen und …«

Direkt neben ihnen erklang plötzlich ein Räuspern und ließ die beiden Frauen zusammenfahren. Ihre überraschten Blicke fielen auf einen blonden, hoch aufgeschossenen jungen Mann, der einen dunkelgrünen Karton in Händen hielt. Es war William Bellows, der Enkel des langjährigen Gärtners auf Cardington Manor.

»Guten Tag, William!«, begrüßte Samantha ihn. »Was bringen Sie uns denn?«

»Guten Tag, Mrs Tomlinson! Verzeihen Sie bitte, aber dies hier wurde bei meinem Großvater in der Gärtnerei abgegeben, und er sagte, Sie würden bestimmt schon darauf warten.«

»Ach, wie wunderbar! Danke schön, William! Nehmen Sie doch noch einen Becher Eistee, bevor Sie sich wieder auf den Weg machen! Das wird Ihnen bei der Hitze guttun!« Sie goss einen weiteren Becher voll Tee und reichte ihn ihm.

»Oh, haben Sie vielen Dank, Mrs Tomlinson!«, sagte William und leerte ihn in einem Zug.

»Was ist denn jetzt drin in dieser hübschen Kiste?«, fragte Roberta, als der junge Gärtner bereits wieder den Rückweg angetreten hatte.

»Mach sie auf und sieh nach, meine Liebe! Ich ahne es zwar, aber ich bin selbst gespannt.«

Roberta zog den Deckel nach oben und ihr Blick fiel auf unzählige runde dunkelgrüne Anstecknadeln, auf denen mit goldenen Lettern *Cardington Roses* stand. In der Mitte der glänzenden Plaketten war noch eine pfirsichfarbene Rose abgebildet.

»Oh, Samantha, die sind ja zauberhaft geworden!«
»Das finde ich auch!« Sie sah sich eine davon genauer an und lächelte zufrieden.
»Sind die für die Ehrengäste?«
»Auch. Aber vor allem sind das Eintrittskarten, vielmehr Berechtigungsnachweise. Auf diesem weitläufigen Gelände wird es sonst für das Personal schwierig, wirklich zu erkennen, wer Eintritt gezahlt hat und wer nicht. Die Besucher können sie als Souvenir mitnehmen oder aber auch am Ausgang zur Wiederverwendung zurücklassen.«
»Das ist ja eine tolle Idee! Hast du dir das etwa selbst ausgedacht?«
»Nein, das habe ich mal bei einer anderen Gartenschau gesehen und es hat mir gefallen.« Sie steckte Roberta eine Nadel an und kicherte dabei wie ein junges Mädchen. »So! Die allererste Ansteckern ist für dich! Du hast nun lebenslange Eintrittsberechtigung! Nicht, dass du das bräuchtest, aber ...«

Roberta straffte die Schultern und freute sich darüber wie über eine persönliche Auszeichnung.

6

Es war ein perfekter Abend. Zudem war es vor der Eröffnung der Gartenausstellung für die Tomlinsons die letzte Gelegenheit für ein romantisches Candle-Light-Dinner. Es war Michaels Idee gewesen, diese zu nutzen und Samantha freute sich sehr darüber.

Ihre Söhne waren bereits zu Bett gebracht worden. Michael hatte dazu Roberta als Komplizin gewinnen können, die in diesem Moment auf die beiden aufpasste. Das junge Ehepaar konnte nun endlich einmal wieder in Ruhe zu zweit essen, bevor es auf Cardington Manor turbulenter zugehen würde.

Im ganzen Raum waren Kerzenleuchter verteilt, deren warmes Licht mit den changierenden sonnengelben Seidentapeten wetteiferte. Der Kamin brannte und verlieh dem eleganten Ambiente zudem eine geheimnisvoll sinnliche Note. Aber das Feuer war auch nötig, denn vor den Fenstern des majestätischen Gemäuers tobte ein Sturm gewaltigen Ausmaßes und ließ gelegentlich ein schauriges Heulen vernehmen.

Samantha und Michael saßen sich an der Tafel des Speisezimmers gegenüber. Sie sprachen über die Vorkommnisse des Tages, und diese enthielten – wie auch in der gesamten letzten Zeit – vornehmlich das Thema *Rosenausstellung* und all die Dinge, die dafür noch zu erledigen waren. Dazu kamen neuerdings auch Sorgen wegen des Wetters, denn für die nächsten Tage waren weiterhin schwere Unwetter vorhergesagt.

»Nicht auszudenken, wenn sich der Sturm bis Samstag nicht legt! Ob dann überhaupt Gäste kommen werden? Und wie die Rosen das wohl überstehen – ich mag gar nicht daran denken! Was ist, wenn bis dahin alle Blüten kaputt sind? Oder verfault!«, entfuhr es Samantha und sie nippte abwesend an ihrem Glas. Sie sah unglücklich aus.

»Dann können wir es auch nicht ändern. Das ist nicht die erste und wird auch nicht die letzte Rosenschau sein, bei der das Wetter nicht mitspielt. Und die Besucher wissen das auch. Schließlich sind sie ja alle Gartenliebhaber und haben sicher auch schon einmal die Erfahrung gemacht, dass man sich auf den Wettergott nicht verlassen kann.«

»Ja ... da hast du natürlich recht. Aber ich habe es mir so hübsch vorgestellt. Wenn die Sonne scheint und unser Park sich von seiner besten Seite zeigt. Und dann all die prächtigen Schleifen und Girlanden, die Roberta und ich gezaubert haben. Weißt du, ich wollte, dass es bei uns ein wenig so aussieht wie in der Gärtnerei in Sandhurst, wo ich immer so gerne war. Dass es – ganz egal, wohin man schaut – schön und verwunschen aussieht.«

»Aber das wird es bestimmt, Sammy! Dieser Park kann doch gar nichts anderes, als wunderschön aussehen. Allein die vielen Tausend Blüten um die Hochzeitswiese herum! Die wird der Sturm schon nicht alle zerfleddern. Außerdem haben wir ja nur die robustesten Rosensorten gepflanzt, wie du weißt. Die werden schon etwas aushalten.«

»Na ja, wir können es jetzt eh nicht mehr ändern.«

Samantha trug ein taubenblaues Kleid. Ihr langes Haar hatte sie hochgesteckt.

»Auf meine wunderschöne Frau«, sagte Michael und erhob sein Champagnerglas.

Samantha lächelte geschmeichelt und war ein wenig von ihrer Sorge abgelenkt.

»Danke, mein Schatz!« Sie strahlte ihn aus blaugrünen Augen und mit glühenden Wangen an, als sie seine Geste erwiderte. »Auf meinen wunderbaren Mann!«

»Ich danke dir! Nein, wirklich, Sammy, du siehst so

bezaubernd aus heute Abend – natürlich nicht nur heute Abend!« Er lachte kurz auf. »Ich bin wirklich der beneidenswerteste Mann der Welt.«
»Du übertreibst.« Sie schüttelte lachend den Kopf.
»Ich übertreibe kein bisschen!«
Michael stand auf und kam zu ihrer Seite der Tafel herüber. Er fasste sie ans Handgelenk und zog sie zu sich hoch. »Obwohl ...«, sagte er, während er ihr Gesicht mit einem kritischen Blick gründlich musterte.
»Obwohl?« Samantha sah ihn irritiert an. »Was ist? Habe ich etwa schon Falten?«
Er schüttelte prüfend den Kopf.
»Ich weiß nicht ... Irgendetwas fehlt.«
»Was sollte denn fehlen?«, fragte sie und machte einen Schritt in Richtung des großen Spiegels, der über dem Kamin hing. Sie sah hinein, konnte jedoch nichts Fehlendes entdecken.
»Vielleicht ja das?« Michael war inzwischen hinter sie getreten und hielt eine längliche schwarze Samtschatulle in die Höhe.
Samantha war ehrlich überrascht und im nächsten Moment sogar erschrocken. Sie überlegte blitzschnell.
Hatte sie womöglich ihren Jahrestag vergessen?
Nein, dieser Tag hatte kein besonderes Datum.
»Was ist denn das?«, fragte sie, als sie ihre Sprache wiedergefunden hatte.
»Sieh doch hinein!«
»Und wofür überhaupt?«
»Sieh einfach hinein!«, sagte er ein wenig energischer und zwinkerte ihr zu.
Sie öffnete das weiche Kästchen und stieß einen entzückten Freudenschrei aus.
Auf einem schimmernden Kissen aus schwarzem Satin lagen zwei filigran geschmiedete antike Ohrringe aus rötlichem Gold.

Sie selbst hatte diesen kleinen Schatz schon vor einiger Zeit entdeckt. Damals, als sie nach Charles' Tod in dessen Arbeitszimmer den Safe zum ersten Mal geöffnet hatte. Vor ihrem inneren Auge offenbarte sich diese Begebenheit mit einem Mal, als hätte sie sich erst gestern zugetragen: Eigentlich hatte sie erwartet, in diesem Safe nur langweiligen Papierkram vorzufinden, was zunächst auch der Fall gewesen war. Tapfer sichtete sie den gesamten Tresorinhalt und war gerade dabei, all die Aktien und Wertpapiere wieder sorgsam geordnet an ihren Platz zurückzulegen. Wie fremd ihr der Umgang mit solchen Dingen war! Sie setzte sich vor den geöffneten Stahlschrank auf den Boden und seufzte tief.

Ob ich mich wohl jemals daran gewöhnen werde?

Da fiel ihr Blick plötzlich auf eine Holzkiste, die in einem der unteren Fächer ganz hinten an der Wand stand und ungefähr die Größe eines Schuhkartons hatte.

Samantha zog sie hervor und hielt den Atem an.

Vor ihren Augen verzauberte das Tageslicht den unscheinbaren Gegenstand in eine prächtige, alte Kassette. Sie war mit aufwändigen Intarsien aus Perlmutt verziert, die Blumenmotive und Girlanden darstellten.

Sie strich mit der Hand ehrfürchtig über ihren Fund, als hätte sie gerade den Heiligen Gral entdeckt.

Ihr Herz klopfte nun bis zum Hals.

Was mag da nur drin sein?

Wie aufs Stichwort entdeckte sie einen zierlichen Schlüssel, der an der vorderen Seite in einem winzigen Schloss steckte. Sie drehte ihn herum und erzeugte dabei ein leise schnarrendes Geräusch. Der Deckel ließ sich so leicht öffnen, als wäre seit dem letzten Mal die Zeit stehen geblieben. Gleichzeitig klappten durch einen Mechanismus weitere Fächer auf und verwandelten das Innenleben in eine Art Präsentationsbühne.

Was sich nun vor Samanthas erstaunten Augen zeigte,

raubte ihr fast den Atem, denn sie begriff, dass sie offenbar die Schmuckschatulle von Charles' Mutter entdeckt hatte! Vielmehr befand sich darin wohl all das kostbare Geschmeide seiner gesamten weiblichen Vorfahren.

Sie griff hinein und konnte kaum glauben, was dort durch ihre aufgeregt zitternden Finger glitt: eine Auswahl verschiedener Broschen, unverkennbar auch aus fernen Ländern stammend. Echte Perlenketten von beachtlicher Länge, wie sie in den Zwanzigerjahren zur Charleston-Ära modern gewesen waren. In einem Seitenfach steckte eine stattliche Sammlung von Ringen, die mit wertvollen Edelsteinen in unterschiedlichen Farben geschmückt waren. Daneben waren Halsbänder und Armreifen aus schwerem purem Gold aufgereiht. Außerdem das brillantbesetzte Diadem, das Samantha bei der Hochzeit mit Charles getragen und danach nie wiedergesehen hatte.

Und plötzlich fühlte sie sich zurückversetzt an einen Abend in ihrer Kindheit, als ihr Vater ihr vor dem Schlafengehen die Geschichte *Ali Baba und die 40 Räuber* vorgelesen hatte. An den Moment, als Ali Baba die Schatzkammer geöffnet und sich so vor ihrer kindlichen Fantasie all der Reichtum des Orients aufgetürmt hatte.

Oh mein Gott! Das darf doch alles nicht wahr sein! Träume ich etwa gerade?

Sie ließ ihre Hand weiter durch die glitzernde Fülle gleiten und atmete laut hörbar aus. Da fiel ihr Blick auf ein Paar lange Ohrringe, die in einer kleinen Schachtel lagen und unverkennbar aus der Epoche des Jugendstils stammten. Sie waren aus rötlichem Gold geschmiedet und mit funkelnden Aquamarinen besetzt.

Samantha nahm sie mit beiden Händen heraus und ließ sie im Gegenlicht der Sonne vor ihren Augen baumeln. Die größten der blaugrünen Steine saßen wohl jeweils direkt auf dem Ohrläppchen der Trägerin. Nach unten hin wurden sie immer kleiner, waren verbunden und durch-

setzt mit zauberhaft geschwungenen Bögen.
Sie war hingerissen und verliebte sich augenblicklich in das filigrane Geschmeide. Aquamarine waren schon seit jeher ihre Lieblingsedelsteine. Sie konnte sich nicht mehr daran erinnern, seit wann das so war und weshalb. Aber sie waren es wohl schon immer gewesen. Vielleicht, weil sie so große Ähnlichkeit mit ihrer Augenfarbe hatten?

In diesem Moment beschloss sie spontan, nur diesen Ohrschmuck zu behalten. Alle anderen Stücke würde sie – ohne sie überhaupt genauer in Augenschein genommen zu haben – für die Stiftung verwenden, die sie vorhatte zu gründen.

Für einen kurzen Moment geriet sie jedoch ins Grübeln. Machte sie etwa gerade einen Fehler?

Ist es vielleicht sogar dumm von mir, ausgerechnet diesen wunderschönen Teil meines Erbes gleichsam auszuschlagen?

Dann schüttelte sie plötzlich den Kopf und nickte danach entschieden. Ja, sie war sich nun sicher: Trotz der immensen Verlockung würde sie den gesamten Inhalt des Kästchens für die Errichtung des Waisenhauses auf Cardington Manor verwenden. Diese vielen antiken Preziosen stammten schließlich aus Charles' Familie und nicht aus ihrer eigenen. So stellten sie für Samantha auch keinen ideellen Wert dar.

Und das allerwichtigste Schmuckstück war für sie ohnehin ihr Ehering, der dem Michaels glich und sie mit ihm verband.

Mit einer entschlossenen Bewegung am Deckel ließ sie das Kästchen zuschnappen. Sie stand auf und stellte es auf dem Schreibtisch ab. Demnächst, wenn sie wieder einmal nach London fuhr, würde sie es zu einem Auktionshaus bringen und den sicherlich sehr kostbaren Inhalt schätzen lassen. Erst kürzlich hatte sie in der Zeitung gelesen, dass besonders reiche Amerikaner bereit waren, bei Versteigerungen stolze Preise für alten Schmuck aus Nachlässen englischer Adelshäuser zu bezahlen. So als würden sie deren traditionsreiche Vergangenheit gleichsam miterwerben.

Die hübschen Ohrringe hielt sie noch immer aufgeregt in der Hand. Sie ging damit hinüber zu einem der Fenster, neben dem ein Spiegel hing, und wollte sie sich anlegen. Dabei entdeckte sie, dass einer der Verschlüsse kaputt war. Überhaupt entsprach die damalige Vorstellung, wie solch ein Schmuckstück sicher am Ohr befestigt zu sein hatte, nicht der heutigen. Es wäre doch zu schade, wenn sie einen oder gar beide deshalb verlieren würde! Sie beschloss, damit in den nächsten Tagen zu diesem kleinen Juwelier nach Rye zu fahren, der ihr noch zu Charles' Lebzeiten ab und an Schmuckstücke und Armbanduhren repariert hatte. Bis es so weit sein sollte, legte sie ihren Fund einstweilen in eine Kristallschale, die auf einer Wandkonsole stand.

Am Abend zeigte sie ihn begeistert Michael und erzählte ihm in aller Ausführlichkeit, wie sie diese kleinen Kostbarkeiten entdeckt hatte. Kurz danach geriet dieser überraschende Vorfall durch das Alltagsgeschehen wieder in Vergessenheit.

Mit einem glücklichen Lächeln beendete sie ihren Ausflug in die Vergangenheit und blickte noch immer selig in die Schatulle hinein.

Die antiken Schmuckstücke waren jetzt nicht nur repariert und mit einem modernen Verschluss versehen worden. Sie waren nun außerdem sorgfältig gereinigt und funkelten wie wahrscheinlich am ersten Tag nach ihrer Fertigung vor ungefähr hundertzwanzig Jahren.

7

Samantha hatte ihre neuen und zugleich alten Ohrringe bereits angelegt und blickte nun mit angehaltenem Atem in den Spiegel. Wie prächtig sie glänzten! Und wie die Aquamarine glitzerten!
»Wunderschön«, hauchte sie verzaubert.
Doch die ganze Pracht war nichts im Vergleich zu ihren leuchtenden Augen, aus denen sie Michael voller Liebe und Dankbarkeit anstrahlte.
»Wie süß von Dir! Danke, mein Schatz!«
Er erzählte ihr dann, wie er den Schmuck, den sie während der wochenlangen Umbaumaßnahmen völlig vergessen hatte, irgendwann an sich genommen und selbst nach Rye gebracht hatte.
Was für eine gelungene Überraschung!
Sie küsste ihn zärtlich und innig auf den Mund.
»Siehst du, was ich meine? Erst jetzt ist das Kunstwerk wirklich vollendet.«
Er drehte sie wieder zurück in Richtung des Spiegels und sah ebenfalls verliebt und beinahe sprachlos hinein.
Dieser Schmuck stand ihr wirklich ausnehmend gut. Durch Samanthas elegante Hochsteckfrisur kam er erst richtig zur Geltung. Und das fragil schwingende Gehänge betonte die anmutigen Linien ihres Halses. Zusammen ergab es eine perfekte Symbiose!
»Du siehst wahrhaft anbetungswürdig aus, Liebes! Auch auf die Gefahr hin, dass ich mich wiederhole ...«
Er unterbrach sich, umschloss sie fest mit seinen Armen und vergrub sein Gesicht genießerisch in ihrem Haaransatz oberhalb des Nackens.
»Und wie du wieder duftest ... daraus sollten wir ein Parfum herstellen. Das wird ein Kassenschlager, du wirst

sehen ...« Er stieß einen sinnlichen Laut aus und Samantha begann zu kichern.

»Michael, nicht jetzt, wir ... wir essen doch gleich.«

»Aber wir könnten doch heute ausnahmsweise einmal zur Feier des Tages mit dem Nachtisch anfangen.«

Er drehte sie zu sich herum, küsste sie und öffnete ihren Mund forsch mit seiner Zunge, während seine Hände an ihrer Taille heruntergelitten und schließlich ihre Hüften gegen die Anschwellung in seiner Hose pressten.

»Ich könnte dich jetzt auf der Stelle ...«

»Liebling ... Michael ... nicht ...« hauchte sie atemlos zwischen seinen Küssen. »Gleich wird doch unser Dinner serviert.«

Und tatsächlich: Wie auf ein Stichwort öffnete sich die Tür des Speisezimmers und Henderson schob einen altertümlichen Servierwagen aus dunklem, glänzenden Holz herein, der mit blank polierten Messingbeschlägen versehen war. Dann verschloss er wie gewohnt die Tür hinter sich und wandte sich um zur Tafel, an der jedoch niemand saß. Verwirrt sah er sich um.

»Oh, Verzeihung«, sagte er, als er das junge Ehepaar Tomlinson gefunden hatte, das gerade dabei war, sich in der Nähe des Kamins aus einer verfänglichen Pose zu befreien. Sofort wollte er sich wieder zum Hinausgehen wenden.

»Nein, bitte bleiben Sie, Henderson! Wir haben Sie um Verzeihung zu bitten, aber es gab für mich gerade einen großen Grund zur Freude«, sagte Samantha und ging auf den Butler zu.

»Schauen Sie mich doch bitte mal genau an! Fällt Ihnen irgendetwas an mir auf?«

Um dem alten Herrn ein wenig auf die Sprünge zu helfen, baumelte sie leicht mit dem Kopf hin und her und versetzte ihre Errungenschaften auf diese Weise in Schwingung.

»Ja … ja …« Hendersons Gesicht erhellte sich mit einem Mal. »Ja, sind das nicht die Ohrringe von Lady Alicia?«
Er betrachtete sie verzückt und Samantha nickte. »Wie lange habe ich diesen bezaubernden Schmuck schon nicht mehr gesehen! Es war seinerzeit ein Weihnachtsgeschenk von Lord Edward an ihre Ladyschaft.«
»Wirklich? Wissen Sie zufällig auch noch, wann genau das war?«
»Hm … lassen Sie mich überlegen … das war im Jahre …« Henderson dachte angestrengt nach. Dann schüttelte er bedauernd den Kopf.
»Nein, genau weiß ich es leider nicht mehr, aber es wird wohl in den Siebzigerjahren gewesen sein. Ich weiß nur noch, ich war zu dieser Zeit noch sehr jung. Dieser Schmuck war dagegen schon damals eine Antiquität – echt und kostbar.« Er lächelte versonnen in sich hinein.
»Heute, ungefähr vierzig Jahre später, haben sich die Dinge umgekehrt: Heute bin ich die Antiquität und diese Ohrringe erstrahlen in neuem Glanz und unterstreichen Ihre Jugend.«
»Nicht doch, Henderson! Sie übertreiben! Sie werden niemals eine Antiquität sein. Sie sind für mich einfach …«, Samantha suchte nach dem passenden Begriff, »… einfach zeitlos. Ja, das sind Sie. Und Sie verkörpern für mich …«
»Die gute alte Zeit?«, kam Michael ihr zu Hilfe und sie nickte.
»Verbindlichsten Dank, Mrs Tomlinson! Ich darf Ihnen zu Ihrer Errungenschaft auf das Herzlichste gratulieren.«
Er deutete eine Verbeugung an und wandte sich dem alten Servierwagen zu, auf dem zwei Teller angerichtet waren, bedeckt mit silbernen Tellerglocken.
Während er die Vorspeise auftrug, bettelte Samantha:

»Kennen Sie vielleicht noch mehr solcher Geschichten darüber, Henderson? Ich finde es so aufregend, wenn ich mir vorstelle, was diese Schmuckstücke schon alles erlebt haben müssen und wie viel Vergangenheit sie haben!«

Der alte Herr lächelte abermals versonnen und überlegte. Nach einer kleinen Weile antwortete er: »Jetzt, wo Sie mich fragen: Ich kann mich noch dunkel an eine Begebenheit erinnern ... warten Sie, wie war das noch? Ja, eines Tages ist das ganze Haus in heller Aufregung gewesen, weil einer dieser Ohrringe abhandengekommen war. Lady Alicia ist darüber schier untröstlich gewesen und hat das ganze Personal dazu angehalten, so lange zu suchen, bis er wieder aufgetaucht ist.«

»Das ist ja auch eine spannende Geschichte!«

Samantha strahlte wie ein kleines Mädchen. »Und wie ist sie ausgegangen? Er wurde ja offenbar gefunden.«

»Ja, aber erst ein paar Tage später, als man die Suche bereits aufgegeben hatte. Ich glaube, einer der Gärtner war es, der ihn wiedergefunden hatte – im Gras liegend, abseits eines Weges im Park.«

»Wie ist er denn dort hingekommen?«, fragte Michael.

»Den Ohrring, meine ich«, ergänzte er grinsend.

»Lady Alicia meinte damals, sie hätte ihn wohl verloren, als sie sich beim Spazieren den Schal um den Kopf gelegt hatte. Sie können sich vielleicht ihre Freude vorstellen, als das Paar wieder komplett war. Sie schenkte Joseph Bellows aus Dankbarkeit einhundert Pfund! Das war in der damaligen Zeit viel Geld! Sehr viel Geld.«

»*Bellows*, sagten Sie? Ist das derselbe Bellows, der noch immer bei uns angestellt ist?«, fragte Samantha. »Ein älterer Gärtner?«

»Ebendieser«, bestätigte der Butler. »Ein äußerst vertrauenswürdiger Mann. Immer fleißig und loyal gegenüber der Herrschaft. Niemals hat es mit ihm je ein Problem gegeben. Inzwischen arbeitet ja auch sein Enkel William auf Cardington Manor. Er hat vor Kurzem sein Studium beendet und sein Großvater hat ihm dazu noch alles beigebracht, was er über Pflanzen weiß.«

»Ach ja, mit dem hatte ich erst neulich ein längeres Gespräch. Ein aufgeweckter Bursche! Er verfügt mit seinen jungen Jahren bereits über ein beachtliches Wissen und kennt sich auch noch mit der modernen Technik aus. Es ist schön, dass es solche Menschen hier auf Cardington Manor gibt. Das ist die Zukunft!«, entfuhr es Michael erfreut.

Henderson pflichtete ihm bei und ging zur Tür, nachdem er sich vergewissert hatte, dass es dem Ehepaar Tomlinson an nichts mangelte.

»Ich wünsche, angenehm zu speisen«, sagte er noch, bevor er die Tür hinter sich schloss. Als er kurz darauf in der Eingangshalle an einem Wandspiegel vorbeischritt und hineinsah, bemerkte er, dass auch seine Wangen leicht gerötet waren. Vor Freude über den kleinen Ausflug in seine eigene Vergangenheit.

8

Nach dem Dessert wurde Samantha auf einmal nachdenklich.

»Vielleicht war es ja doch ein wenig zu voreilig von mir, den ganzen restlichen Schmuck zu versteigern. Oder was meinst du?«

»Wie kommst du denn jetzt darauf, mein Schatz? Das ist doch schon so lange her.«

»Na ja, ich habe damals irgendwie nicht bedacht, dass doch eigentlich jedes dieser Schmuckstücke seine eigene Geschichte hat. Findest du es nicht auch spannend, dass diese ganzen alten Dinge abgesehen von ihrem materiellen Wert auch Zeitzeugen waren? Und da gibt es auch noch Menschen, die sich an Begebenheiten mit ihnen erinnern, weil es eben besondere Dinge sind und nicht nur tote Materie.«

»Klar, aber das gilt doch irgendwie für alle Antiquitäten, findest du nicht?«

»Ja, aber so habe ich die Sache davor noch nie betrachtet.«

»Wie auch immer – jetzt dürfte es zu spät dafür sein, Schatz. Der Inhalt dieser Schmuckschatulle ist inzwischen doch fast über den ganzen Globus verteilt.«

»Ja, ich weiß«, sagte Samantha und seufzte.

Zum ersten Mal an diesem Abend sah sie traurig aus. Aber Michael war in diesem Moment nicht in der Lage, irgendetwas Tröstendes zu ihr zu sagen.

Auch sein Ausdruck hatte sich mit einem Mal verändert. Er wusste, dass es nun höchste Zeit war, endlich das zur Sprache zu bringen, was ihm schon seit geraumer Zeit auf der Seele lastete. Aber wie sollte er es nur anfangen? Samantha war so glücklich gewesen an diesem Abend und er wusste genau, dass sie es nach seiner Eröffnung nicht mehr sein würde.

Während er noch darüber nachdachte, auf welche Weise er das unleidige Thema anschneiden sollte, wurde ihm die Entscheidung darüber bereits abgenommen.

»Und welche Laus ist dir so plötzlich über die Leber gelaufen? Oder trauerst du etwa auch wegen des Schmucks?« Seine Frau kannte ihn. Instinktiv war sie an die vordere Stuhlkante gerutscht und lauerte nun aufmerksam wie ein Raubtier. Ihre trüben Gedanken schienen vergessen zu sein.

Michael wagte es nicht einmal, sie anzusehen. Er starrte nur auf die glänzende Tischplatte, in der sich das Licht des Kronleuchters widerspiegelte.

»Michael?« Jetzt suchte sie den direkten Blickkontakt mit ihm, doch er wich ihr nur aus. Sie musterte ihn nun noch aufmerksamer.

Michael räusperte sich ein paarmal, um Zeit zu gewinnen.

Samantha begann langsam mit dem Kopf zu nicken, während sich auf ihrem Gesicht ein Lächeln ausbreitete. Aber es war kein glückliches Lächeln, sondern ein wissendes. Vielmehr war es die starre Maskierung ihrer ängstlichen Erwartung. Der Erwartung dessen, was sie gleich erfahren würde. Und es war der Ausdruck ihrer Verbitterung, weil sie eigentlich tief in ihrem Inneren bereits ahnte, was ihr Mann ihr in Kürze eröffnen würde. Die eingefrorenen Gesichtszüge sollten ihr lediglich dabei helfen, sich ihren Schmerz und ihre Verletztheit darüber nicht anmerken zu lassen.

»Lass mich raten!«, begann sie mit einem süffisanten Unterton, da Michael noch immer nicht redete. »Es handelt sich um dasselbe Thema, das immer und immer wieder auf den Tisch kommt, seit wir beschlossen haben, gemeinsam hier auf Cardington Manor zu leben, nicht wahr?«

Michael nahm kurz den Augenkontakt zu ihr auf, um gleich danach wieder wegzusehen. Dabei atmete er geräuschvoll aus, schwieg aber weiterhin.

»Was ist? Hat es dir die Sprache verschlagen? Du hast wohl gedacht: *Wenn ich ihr zuerst die Ohrringe zeige, dann wird sie die Kröte leichter schlucken!*«

Michael sagte noch immer nichts. Er musste sich eingestehen, dass sie mit dieser Einschätzung nicht ganz falschlag.

»Ich gehe jetzt mal davon aus, dass es sich schon wieder um ein einzigartiges Projekt handelt, das du nicht ablehnen kannst. Oder sollte ich lieber sagen, nicht ablehnen möchtest?«

»Ja …«, fing er endlich an, »… eigentlich handelt es sich nur um ein weiteres Projekt, das ich nicht ablehnen kann. Vielmehr möchte ich es verdammt gerne annehmen. Aber …« Dann sprach er nicht mehr weiter.

»Aber? Aber was? Willst du es nun annehmen oder nicht?«

»Ja, ich will es annehmen und ich habe auch bereits zugesagt.«

»Natürlich«, sagte sie in sarkastischem Tonfall. »So etwas Unwichtiges müssen wir ja auch nicht gemeinsam besprechen.« Sie schüttelte den Kopf. »Und wohin geht die Reise diesmal?«

»Nach Schottland.«

»Nach Schottland? Ach, das ist ja nur ein Katzensprung von der Südküste Englands entfernt!«, schnaubte sie erbost. »Und für wie lange, wenn ich fragen darf?«

»Drei Wochen. Höchstens vier!«

»Wie bitte? Höchstens vier Wochen?« Sie sprang nun von ihrem Stuhl auf und sah ihn ungläubig an.

»Sag mal, Michael, träume ich das jetzt alles nur? Und vielleicht auch, dass in genau fünf Tagen unsere Rosenausstellung eröffnet wird und es davor noch jede Menge zu tun gibt, wie auch dir bestens bekannt sein dürfte?«

»Ach, das haben doch Bellows und sein Enkel bestens im Griff! Und es gibt doch auch noch diese vielen Saisonarbeiter, die wir eingestellt haben, vergiss das nicht! Acht Mann! Außerdem werde ich zur Eröffnung hier sein, versprochen!«

»Das ist ja großartig!« Sie schnaubte spöttisch und lachte laut auf. »Und wie ausgesprochen großzügig von dir! Muss ich dafür jetzt etwa auch noch dankbar sein?«

Michael erwiderte nichts darauf.

Sie stand auf und lief im Zimmer umher, um nicht an ihrer Wut zu ersticken.

»Michael ...« Sie wusste kaum, was sie darauf noch sagen sollte.

»Bist du jetzt völlig verrückt geworden? Oder ist es vielleicht meine Schuld, weil ich das Kleingedruckte nicht gelesen habe, um es mit deinen Worten zu sagen?«

»Ja, ich gebe zu, das Timing ist denkbar schlecht. Sogar sehr schlecht.« Er lehnte sich in seinem Stuhl zurück und sah Samantha nun direkt an.

»Jetzt möchte ich aber endlich zu dem *aber* kommen, das mir vorhin im Hals stecken geblieben ist.«

»Und zwar?« Sie war stehen geblieben und erwiderte seinen Blick voller Spannung. Für den Bruchteil einer Sekunde hatte sie das Gefühl, dass sie ihren Mann doch nicht so gut kannte, wie sie immer geglaubt hatte. Vielmehr fühlte Michael sich in diesem Moment richtiggehend fremd an.

»Das liegt mir schon länger im Magen ... eigentlich schon die ganze Zeit ... Ursprünglich habe ich dir vorhin nur schonend beibringen wollen, dass ich dieses Projekt in Schottland angenommen habe, ohne mit dir darüber gesprochen zu haben. Aber ich merke, dass die Sache viel tiefer geht.«

Während er das sagte, betrachtete er seine Handflächen, als befände sich darin die Lösung dieser verfahrenen Situation.

Samantha nahm einen Stich in ihrem Herzen wahr und eine kalte Faust direkt unter ihren Rippenbögen.

»Was soll das heißen?«, fragte sie leise und bemühte sich, das Zittern in ihrer Stimme zu beherrschen.

»Dass es so nicht weitergeht«, sagte er mit eisiger Stimme. Er sah ihr jetzt wieder direkt in die Augen. »Zumindest nicht für mich.«

Für Samantha fühlten sich diese Sätze an wie Ohrfeigen. Dennoch zwang sie sich, Haltung zu bewahren.

»Und wie geht es nun weiter? Für dich, meine ich.«

»Ich werde künftig wieder mehr Aufträge annehmen. Ich habe es wirklich versucht, aber es genügt mir einfach nicht, die meiste Zeit hier auf Cardington Manor als dein Prinzgemahl herumzuhängen, um das zu verwalten, was sich mein Vorgänger aufgebaut hat. Ich hatte mir selbst nämlich auch etwas aufgebaut, bevor wir uns kennengelernt haben. Du erinnerst dich vielleicht.«

Samantha hatte ihm genau zugehört und jedes Wort registriert. Sie war schockiert.

So sieht er sich also? Als meinen Prinzgemahl?

Tief in ihrem Inneren hatte sie es wohl schon immer gespürt, dass er unzufrieden war, aber es in ihrem übergroßen Harmoniebedürfnis nicht wahrhaben wollen.

»Das tut mir leid, Michael«, sagte sie mit trauriger Stimme. »Ich habe nicht gewusst, dass du mit unserem Leben unglücklich bist. Ich habe mir nämlich eingebildet, wir hätten damals einvernehmlich beschlossen, dass es das Beste wäre, Cardington Manor nicht zu verkaufen, sondern hier zu leben, zu arbeiten und unsere Kinder hier gemeinsam großzuziehen, weil uns das schließlich beiden am Herzen lag.«

»Ja, das haben wir auch, Samantha. Glaub mir bitte,

dass ich mir nichts mehr wünschen würde, als dass es mir reichte, so zu leben. Wahrscheinlich wäre es auch eher der Fall, wenn ich eine Frau wäre, deren Erfüllung es ist, Kinder und ein Heim zu haben. Aber ich bin leider ein Mann und ich möchte eben auch noch etwas anderes erreichen in meinem Leben.«

»Natürlich! Wir Frauen sind ja vollkommen damit ausgelastet, Windeln zu wechseln und Speisenfolgen zu planen! Wir würden nicht auch gerne ein bisschen mehr herumkommen in der Welt – das ist schließlich nur euch Männern vorbehalten!«

Da er nicht darauf einging, fuhr sie fort: »Aber Michael, erkläre mir bitte, was möchtest du denn noch erreichen? Jedem Menschen in diesem Land ist dein Name ein Begriff und wir besitzen so viel Geld, dass wir nie wieder im Leben auch nur einen Handschlag arbeiten müssten. Ist dir das denn nicht klar?«

»Natürlich ist mir das klar, Samantha! Aber ich bin erst neununddreißig Jahre alt und fühle mich noch entschieden zu jung, um mich hier auf diesem riesigen Landsitz praktisch zur Ruhe zu setzen.«

»Zur Ruhe setzen, so nennst du das? Wir besitzen – ich weiß nicht wie viele – tausend Hektar Land! Dazu das Gestüt, das Waisenhaus und demnächst auch noch die Rosenausstellung! Und ganz nebenbei noch eine Familie mit zwei Kindern! Also ich bin damit ausgelastet, und zwar voll und ganz! Ich falle jeden Abend todmüde ins Bett, wie du ja mitbekommst, wenn du gerade einmal zu Hause bist. Es tut mir leid, wenn du dich hier offenbar langweilst!«

Inzwischen war auch Michael aufgestanden.

»Ach, Sammy, das ist doch Blödsinn! Natürlich langweile ich mich hier nicht. Dazu gibt es doch viel zu viel Arbeit.«

»Ja, aber was ist es dann?«

Michael raufte sich die Haare.

Er sah verzweifelt aus, wirkte in die Enge getrieben.

»Ich fühle mich hier eingesperrt wie ein Vogel, dem man die Flügel gestutzt hat! Und jedes Mal gibt es dann auch noch so ein Theater wie jetzt gerade, wenn ich einen Auftrag annehme! Ich bin das Ganze so leid, du kannst es dir nicht vorstellen!«

»Ja, glaubst du, mir machen solche Gespräche Spaß? Ich habe fast ständig das Gefühl, dass du insgeheim viel lieber woanders wärst!«

»Das stimmt auch meistens! Ich bin schließlich Landschaftsarchitekt und weder Gärtner noch Pferdeknecht, und auch kein Landwirt! Und wenn ich dann schon mal einen wirklich fähigen Mann als Gestütsleiter einstelle, wie diesen ... diesen Anthony Browning, dann beschenkst du ihn mit unserem wertvollsten Hengst und entlässt den Mann wieder! Ich komme mir hier vor wie Sisyphos!«

»Ich dachte, meine Beweggründe hierfür hätte ich dir ausführlich dargelegt.«

»Ja, das hast du natürlich ... Sammy, ich habe wirklich versucht, mich hier einzubringen, das musst du mir bitte glauben, aber ... aber es füllt mich einfach nicht aus, Arbeiten zu tun, für die man auch genauso gut eine Hilfskraft einstellen könnte, verstehst du das denn nicht?«

»Ach, so ist das«, sagte Samantha bitter und setzte sich wieder auf ihren Platz, in der Hoffnung, sich auf diese Weise ein wenig zu beruhigen.

»Es ist dir also lieber, wenn ich jemanden einstelle, der dich vertreten soll. Ich verstehe.«

Sie nickte und lachte sarkastisch auf.

»Auch als Ehemann und Vater? Da bin ich gespannt, wen die in der Arbeitsagentur mir dafür anbieten werden!« Sie leerte ihr Sherryglas in einem Zug und stellte es mit einem lauten Geräusch wieder auf den Tisch.

»Aber so war das doch gar nicht gemeint, Samantha!«

»Von dir vielleicht nicht, aber von mir! Oder was glaubst du, wie es sich für mich anfühlt, die meisten Nächte allein zu verbringen, während du ohne eine Notwendigkeit in irgendwelchen Hotels oder in deiner Wohnung in London schläfst?«

»Aber das stimmt doch gar nicht ...«

»Das stimmt nicht? Dann rechne doch mal nach! Ich habe es unlängst einmal getan, mit dem Ergebnis, dass du mehr als die Hälfte eines Monats nicht zu Hause schläfst. Ganz zu schweigen davon, was ich mir jedes Mal ausdenken muss, um es Frank zu erklären! Colin ist ja Gott sei Dank noch zu jung, um Fragen zu stellen. Aber glaube ja nicht, dass der Kleine nicht merkt, wer seine wichtigsten Bezugspersonen sind und wer nicht!« Sie schnaubte und verschränkte die Arme vor der Brust.

»Samantha, findest du nicht, dass du übertreibst?«

»Ich übertreibe mal wieder! Natürlich!«

Michael sah verstohlen auf seine Armbanduhr.

»Ach, du bist bereits in Eile?«, kam es gespielt freundlich vom anderen Ende der Tafel. »Wann soll die Reise denn losgehen?«

Michael murmelte etwas, das Samantha nicht verstand.

»Wie bitte?«

»Morgen früh und ich habe noch nicht gepackt. Ich muss vor dieser Schottland-Sache auch noch ein paar Tage nach London, da habe ich einige Termine, unter anderem eine wichtige Besprechung in der Redaktion ...«

»Ja, dann ...« Samantha stand auf, »... lass dir nicht noch mehr Zeit von mir stehlen! Ich werde dich bestimmt nicht aufhalten! Ich komme klar – auch ohne dich!«

Mit einem lauten Stakkato ihrer hohen Lackpumps stolzierte sie zur Tür. Sie hatte die Türklinke schon heruntergedrückt, dann hielt sie plötzlich in der Bewegung inne und drehte sich noch einmal zu ihm um.

»Und auf deinen gnädigen Besuch zur Ausstellungser-

öffnung kann ich auch verzichten!«
Dann verließ sie das Speisezimmer. In der Halle wäre sie beinahe mit Henderson zusammengestoßen.
»Haben Sie noch einen Wunsch, Mrs Tomlinson?«
»Allerdings, aber ich fürchte, den können nicht einmal Sie mir erfüllen, Henderson«, sagte sie und eilte wutschnaubend an ihm vorüber.
Der Butler blickte ihr verunsichert nach. Einen Moment später zuckte er zusammen, als Samantha eine der Terrassentüren in der Halle hinter sich zuknallte. Gleich darauf ließ ein gewaltiger Donnerhall vom Himmel sämtliches Glas in den Fenstern und Vitrinen des Hauses erbeben.

Für einen Moment dachte Samantha daran, wie sie schon einmal ziemlich wütend diese Tür hinter sich geschlossen hatte und auf die Terrasse geflüchtet war. Dieser Augenblick war fast ein Déjà-vu zu dem Abend von Charles' vierzigstem Geburtstag, als sie hinausgelaufen war in den Park, weil er sie vor all seinen Gästen bloßgestellt hatte. Mit einer Flasche Champagner in der Hand war sie zu dem alten Pavillon gelangt, wo Timothy Browning sie schließlich gefunden hatte …
»Männer!«, schimpfte sie.
»Die denken doch alle nur an sich! Mein erster Ehemann ist mit seinem antiquierten Standesdünkel verheiratet gewesen, der zweite mit seiner blöden Karriere! Oder sie sind ausgemachte Schürzenjäger wie dieser verdammte Timothy! Darauf kann ich liebend gerne verzichten!«
Erst jetzt bemerkte sie, dass ein kalter Wind sie umwehte und ihr Kleid schon ein paar Regentropfen abbekommen hatte. Sie erschauderte und kehrte zurück in die Halle. Von dort aus ging sie sofort nach oben.
Jetzt nur noch ins Bett und die Decke über den Kopf ziehen!

Zuvor nahm sie noch ein Schlafmittel und – nachdem sie sich vergewissert hatte, dass ihre beiden Söhne schliefen – schirmte sich mit Ohropax auch noch akustisch gegen die Außenwelt ab. Und um wirklich sicherzugehen, setzte sie sich auch noch eine Schlafmaske auf.

Von Michael wollte sie an diesem Abend jedenfalls nichts mehr hören oder sehen.

9

Michael öffnete die Tür zum Schlafzimmer und lauschte. Er hörte die gleichmäßigen Atemzüge seiner Frau. Samantha schlief offenbar bereits. Das kam ihm äußerst gelegen, denn er hatte vor, unverzüglich nach London zu fahren.
Besser jetzt gleich als morgen früh, dachte er sich. *Womöglich gibt es sonst wieder den nächsten Zoff.*
Außerdem waren nachts die Straßen wesentlich weniger stark befahren als am Tag. Zwar hatte er während des Candle-Light-Dinners zwei Gläser Wein getrunken, doch durch die hässliche Auseinandersetzung mit Samantha war er schlagartig nüchtern. Und hellwach obendrein. An Schlaf war jetzt ohnehin nicht mehr zu denken. Zudem würde er es in der momentanen Stimmung auch nicht über sich bringen, sich einfach neben Samantha ins Bett zu legen und zu schlafen, als wäre nichts passiert.
Wie tief ist bloß der Abgrund zwischen uns geworden! Ich kann es nicht fassen.
Auf leisen Sohlen ging er nach nebenan ins Bad und ins Ankleidezimmer, um seine persönlichen Dinge für die nächsten Wochen in einen Koffer zu packen.
Als er damit fertig war, schwebte er einen Moment lang in der Versuchung, noch schnell ins Kinderzimmer zu schleichen, um sich von seinen Söhnen zu verabschieden. Aber wegen der Gefahr, einen von ihnen oder gar beide aufzuwecken, entschied er sich dagegen.
Doch der eigentliche Grund war, dass er in diesem Moment nichts spürte – rein gar nichts! Es war für ihn so, als würde er es nur aus Gewohnheit und Pflichtgefühl tun. Ohne Liebe. Sein Herz fühlte sich wie taub an, wie ein großer, kalter Stein. Das empfand er jedoch in diesem

Moment sogar als angenehm, denn so spürte er wenigstens auch keinen Schmerz.

Wenig später in seinem Wagen kam er sich dann vor wie ein Dieb, der sich mit schlechtem Gewissen davonschlich. Mit jedem Kilometer jedoch, den er zwischen sich und Cardington Manor brachte und sich dabei auf den Verkehr konzentrierte, wurde dieses Gefühl schwächer. Ohne dass ihm die Einzelheiten der Fahrt bewusst waren, erreichte er – irgendwann mitten in der Nacht – seine Wohnung im Stadtteil Harrow, die er wegen seiner vielen Außentermine behalten hatte.

Kurze Zeit später fiel er dann wie bewusstlos ins Bett und in einen tiefen, traumlosen Schlaf.

Mit noch geschlossenen Augen betastete Samantha die andere Betthälfte.

Sie war leer.

Michael war fort. Ohne ein Wort.

Eine eisige Hand griff nach ihrem Herzen und dieses überwältigende Gefühl breitete sich rasch in ihrem ganzen Körper aus. Gleich darauf bekam sie Magenschmerzen und ihr wurde übel.

Hatte sie vielleicht überreagiert? Aber was hätte sie denn noch zu ihm sagen sollen? Sie hätte ihn ohnehin nicht mehr umstimmen können, da er die Reise bereits zugesagt hatte.

Sie drehte Michaels Betthälfte den Rücken zu und starrte in den Raum hinein, ohne irgendetwas wahrzunehmen. Tränen rannen über ihre Wangen und versickerten im Kopfkissen, aber auch das merkte sie nicht.

Nun war sie also offiziell allein mit Cardington Manor und all den vielen Aufgaben, die es zu bewältigen gab, um dieses riesige alte Herrenhaus gewinnbringend zu führen.

Auch wenn ja durchaus die Möglichkeit bestand, dass

Michael wieder zu ihr zurückkommen würde – sie war jetzt auf sich gestellt und konnte nicht länger auf seine Unterstützung bauen. Das hatte er ihr unmissverständlich klargemacht und sie musste sich damit abfinden. Aber klar war auch, dass sie all das unmöglich würde alleine bewältigen können. Sie dachte an den Moment des Gespräches, als Michael ihr vorgeschlagen hatte, doch für die Aufgaben, die er übernommen hatte, Personal einzustellen. Dabei stieg eine solch ungeheure Wut in ihr auf, die ihr mit einem Mal die Kraft gab, ihr Bett zu verlassen.

Auf leisen Sohlen schlich sie durch die Zimmerflucht und blieb vor dem letzten Raum, dem Kinderzimmer, stehen. Sie lauschte. Colin schien noch fest zu schlafen.

In diesem Moment war sie froh, dass Roberta sich am Vorabend angeboten hatte, Frank zu wecken und dafür zu sorgen, dass er pünktlich im Schulbus saß, damit das junge Ehepaar den romantischen Abend in vollen Zügen genießen konnte.

Unter Romantik stelle ich mir etwas anderes vor!

Samantha schnaubte verbittert und huschte zurück ins Schlafzimmer. Dort griff sie sich den Morgenmantel, der am Fußende lag, und schlüpfte hastig hinein.

Sie weinte noch immer, inzwischen jedoch nicht mehr aus Kummer, sondern aus blankem Zorn. Mit den Ärmelaufschlägen wischte sie sich die Tränen ab und verließ barfuß und mit entschlossenen Schritten ihr *Nest* und marschierte in Richtung Ostflügel.

Dort im Arbeitszimmer angekommen, setzte sie sich hinter den Schreibtisch, nahm das Telefon und wählte eine Nummer, die sie von einem Notizzettel ablas.

»Guten Morgen, Mr Browning! Hier spricht Samantha Tomlinson. Bitte verzeihen Sie die frühe Störung!«

»Oh, da gibt es nichts zu verzeihen. Guten Morgen,

liebe Mrs Tomlinson! Was verschafft mir denn die Freude Ihres Anrufs?«, erklang es in bekannt liebenswürdiger Manier aus dem Hörer.

»Mr Browning, haben Sie inzwischen einen neuen Wirkungskreis gefunden?«

»Nein, bisher nicht. Ich habe heute Nachmittag noch einen Termin, aber mir scheint, diese Person hat es eher darauf abgesehen, mir *Black Velvet Unicorn* abzukaufen, als auf meinen Geschäftsvorschlag einzugehen. Aber das ist ja verständlich. Jeder möchte wohl lieber einen jungen Hengst als einen alten Mann auf seinem Gestüt haben – Erfahrung hin oder her«, schloss er mit einem traurigen Unterton.

Anthony Browning wirkte auf sie resigniert und verbittert. *Kein Wunder*, dachte Samantha. Sie konnte sich ausmalen, dass er seit ihrem letzten Telefonat sämtliche seiner Beziehungen hatte spielen lassen, damit ihm der erneute Verkauf seines geliebten Pferdes erspart bliebe.

»Wunderbar! Wann können Sie auf Cardington Manor anfangen?«, entgegnete sie.

Seine freudige Überraschung war im selben Moment wie eine warme Woge spürbar.

»Ja, aber ... aber ... ich dachte ... Sie sagten doch bei unserem Gespräch vor ein paar Tagen, dass die Stelle schon besetzt wäre.«

»Ich weiß, aber hier haben sich inzwischen einige Dinge grundlegend geändert und ich würde heute sehr gerne auf Ihr interessantes Angebot von neulich eingehen – falls es noch steht.«

»Aber natürlich, Mrs Tomlinson. Ich weiß gar nicht so recht, was ich sagen soll. Schon wieder bewahren Sie meinen hübschen Jungen hier und mich vor einer Trennung.«

Anthony Browning klang nun aufrichtig gerührt und glücklich.

Samantha mochte an diesem Mann besonders seine ehrliche Art. Er war kein Mensch, vor dem man ein Pokerface aufsetzen musste, denn er selbst trug auch keines.

»Nicht ohne Eigennutz, Mr Browning! Ich weiß Ihre Erfahrung mit Pferden sehr zu schätzen, zumal ich so gut wie keine besitze. Und ich würde mich über eine Zusammenarbeit mit Ihnen wirklich sehr freuen – wobei *Zusammenarbeit* nicht das richtige Wort ist.«

Samantha lachte kurz auf.

»Sie hätten völlig freie Hand bezüglich des Zuchtbetriebs, und natürlich auch über sämtliche damit zusammenhängende Personalentscheidungen. Ich möchte nichts mit dem Gestüt zu tun haben müssen, verstehen Sie? Also, wann können Sie mit Ihrem *hübschen Jungen* nach Cardington Manor kommen?«

Er überlegte einen kurzen Moment.

»Eigentlich schon heute Nachmittag, wenn Ihnen das nicht zu früh ist. Oder lieber morgen gegen Vormittag?«

»Wunderbar! Dann sehen wir uns heute Nachmittag – sagen wir um fünfzehn Uhr –, besprechen die Einzelheiten und setzen den Vertrag auf. Ich sage den Mitarbeitern des Gestüts gleich Bescheid, dass Sie ab sofort einen neuen Leiter haben. Auf Wiederhören, Mr Browning!«

Ohne seinen Gegengruß abzuwarten, legte sie auf und ging zurück in den Wohnbereich, um nach Colin zu sehen. Ihre Tränen waren inzwischen getrocknet.

Nach seinem Erwachen am nächsten Vormittag fühlte Michael sich hundeelend, denn seine Gefühle für Samantha und die Kinder waren zwischenzeitlich zurückgekehrt.

Er lag noch immer im Bett und wäre am liebsten gestorben. Eigentlich müsste er längst unter der Dusche stehen und sich für die Besprechung mit einem neuen Kunden fertig machen, die für den Mittag anberaumt worden war. Doch er sah sich noch nicht in der Verfassung, aufzustehen.

In seinen Gedanken ließ er immer und immer wieder den vergangenen Abend Revue passieren. Er dachte zunächst an das glanzvolle Dinner und an die romantische Atmosphäre, als er Samantha die Ohrringe überreicht hatte. Und dann folgte der Teil des Gespräches, in dem er selbst die Bombe hatte platzen lassen.

Beim bloßen Gedanken daran, brach ihm der Schweiß aus. In solchen Situationen fühlte er sich Samantha immer rhetorisch unterlegen. Sie ahnte meistens bereits im Vorfeld, wenn er etwas Unangenehmes auf dem Herzen hatte. Und sie wusste stets, was zu sagen war, während er nur immer in seinen eigenen Gedanken herumstocherte und sich bemühte, diese in Worte zu fassen.

Er hasste sich dafür, und jetzt – einen halben Tag später – hätte er vielleicht manches anders formuliert.

Aber irgendwann – ganz plötzlich – an diesem neuen Morgen wusste er, er hatte es ihr sagen müssen. Es war richtig gewesen. Er bereute nichts, denn er hatte nichts zu bereuen. Die Art und Weise hätte er sich im Nachhinein zwar anders gewünscht, doch das konnte er nun nicht mehr ändern.

Kurz darauf schwang er sich aus dem Bett.

10

Am Vormittag darauf machte sich Samantha mit Regenjacke und Hut auf den Weg zur Gärtnerei. Begleitet von gelegentlichen Windböen, fiel gleichmäßiger Regen, doch das merkte sie kaum. Sie dachte an den vorherigen Tag und daran, wie reibungslos und elegant sich das Thema *Gestüt* für sie erledigt hatte. Besser gesagt, hatte sie selbst es erledigt und sie empfand darüber ein wenig Stolz.

Es stimmt. Man wächst mit den Anforderungen!

Aber auch der Vorabend kam ihr in den Sinn, als Frank sich gewundert hatte, wo sein Vater war. Sie hatte sich spontan dafür entschieden, den Jungen zu belügen und ihm erzählt, Michael wäre in aller Frühe eingefallen, dass er einen Termin in London hatte, den er vergessen hatte, sich zu notieren. Er hätte sich nicht mehr verabschieden können, doch sie sollte die Kinder lieb von ihm grüßen und umarmen.

Was hätte sie ihm auch sonst sagen sollen, ohne ihn unnötig zu beunruhigen? Schließlich wusste sie im Moment selbst nicht, auf welchem Stand ihre Ehe gerade war, und wie ihr Leben und das ihrer Kinder nun verlaufen würde.

Sie stürzte sich daraufhin nur noch mehr in ihre neuen Aufgaben und vermied es nach Kräften, an Michael zu denken, weil ihre Söhne nicht spüren sollten, dass sie traurig war.

An diesem Tag war Frank längst in der Schule und Colin hatte sie in Robertas Obhut übergeben. Zu gerne hätte sie bei der Gelegenheit mit ihrer mütterlichen Freundin über die hässliche Auseinandersetzung mit Michael gesprochen und deren Meinung dazu eingeholt. Aber sie wusste aus Erfahrung, dass Roberta Michael sehr mochte und selten etwas auf ihn kommen ließ. Und so sehr sie in diesem Moment auch Robertas vollumfängliche Unterstützung gebraucht hätte, sie wollte es nicht darauf ankommen lassen, weil es sie diesmal sehr verletzt hätte.

Das war wieder einmal einer dieser typischen *Susan-Momente* für Samantha: Sie musste unwillkürlich daran denken, dass es in ihrem Leben eine Zeit gab, in der sie solche Probleme mit ihrer besten Freundin besprochen hätte. Aber seit Susan buchstäblich am anderen Ende der Welt lebte, trennten sie nicht nur knappe 20.000 Kilometer. Wenn man sich fast zehn Jahre lang nicht mehr gesehen und inzwischen sogar völlig verschiedene Lebensthemen hat, leidet zwangsläufig auch das Vertrauensverhältnis. Zumindest kam es Samantha so vor.

Außerdem widerstrebte es ihr mittlerweile zutiefst, mit anderen Personen über Dinge zu reden, die man als Paar zu klären hatte und eigentlich auch nur als Paar klären konnte. Schon öfter hatte sie empfunden, dass der partnerschaftliche Zusammenhalt andernfalls geschwächt wurde, und so behielt sie ihr Problem lieber für sich – beste Freundin hin oder her.

Die Gärtnerei auf Cardington Manor bestand aus zwei Gewächshäusern, einer Baumschule und einem Wohnhaus. Sie befand sich zwischen dem Kinderheim und dem Gestüt und war direkt hinter der Hochzeitswiese gelegen.

Das Haus, das Joseph Bellows gemeinsam mit seinem Enkel William bewohnte, war schon vor langer Zeit aus grob behauenen grauen Steinen erbaut worden. Es war in der damaligen landestypischen Art mit einem Schornstein versehen, der direkt an der schmalen Giebelseite der Außenwand entlang verlief.

Samantha mochte diesen Bereich von Cardington Manor sehr. Wenn sie darauf zuging, fühlte sie sich jedes

Mal wieder, wie in die Vergangenheit zurückkatapultiert, denn die Zeit schien hier stehen geblieben zu sein. In ihrem Kopf entstanden dann Bilder, wie die Menschen dort vor einem oder zwei Jahrhunderten gelebt haben mussten.

An diesem Tag genoss sie ihre Zeitreise jedoch nur kurz, denn sie hatte etwas Bestimmtes vor. Sie betrat das Gelände und wollte gerade damit anfangen, die beiden Gärtner zu suchen. Da hörte sie bereits deren Stimmen und nahm den direkten Weg zu einem der Gewächshäuser. Zwischen den beschlagenen Scheiben sah sie, wie der alte Mr Bellows gemeinsam mit seinem Enkel an einem Arbeitstisch stand und etwas zu reparieren schien.

Sie spürte den stillen Gleichklang dieser beiden Männer, der sich für sie wie wohltuende Wärme anfühlte, als stünde sie im Winter vor einem beheizten Kachelofen. Erst in diesem Moment nahm sie wahr, dass sie selbst trotz der warmen Jahreszeit fror, weil der Regen ihre Jacke bereits bis auf die Haut durchdrungen hatte.

Sie trat ein und grüßte freundlich.

»Guten Tag, Mrs Tomlinson! Meine Güte, Sie sind ja völlig durchnässt!«

Mr Bellows senior bot ihr sofort einen heißen Tee an und sie nahm die Einladung gerne an. William ging kurz in den Nebenraum und kehrte mit einer hübsch geblümten Tasse zurück, die offenbar nur für besondere Teegäste hervorgeholt wurde.

Samantha hängte ihre nasse Regenjacke an einen Werkzeughaken an der Wand und hielt einen Moment später den köstlich dampfenden Becher in der Hand.

»Ich hätte etwas mit Ihnen zu besprechen, meine Herren, aber ich möchte Sie nicht bei der Arbeit stören. Wenn es Ihnen nichts ausmacht, werde ich mich einfach zu Ihnen gesellen. In drei Tagen ist es ja schon so weit und ich weiß, es gibt noch so vieles zu tun! Ich bin ja schon so gespannt …«

»Ja, das ist in der Tat eine aufregende Zeit, Madame! Auch für uns! Wir inspizieren hier gerade sämtliche Rosenscheren«, erklärte ihr der alte Mr Bellows mit warmer, klangvoller Stimme. »Die müssen heute geölt und neu eingestellt werden, damit sie auch funktionieren, wenn die Ausstellung beginnt. Dann müssen wir jeden Tag die verwelkten Blüten abschneiden, damit die Rosenstöcke nicht unnötig an Kraft verlieren, und die neuen Knospen schneller nachwachsen können.«

Samantha staunte darüber, wie gut das altgediente Werkzeug in Schuss gehalten wurde. Sie hantierte begeistert mit einer antiquierten Schere, die einen schon ziemlich abgenutzten Holzgriff hatte, aber noch tadellos intakt war, und stellte sich vor, wie damit bereits zu Lady Alicias Zeiten Rosen geschnitten worden waren.

Dann kam sie ohne weitere Umschweife auf den Grund ihres Besuches zu sprechen.

»Mr Bellows, William, ich bin heute zu Ihnen gekommen, weil ich Ihnen ganz offiziell die Leitung der Rosenschau übertragen möchte.«

Die beiden Gärtner sahen sich entgeistert an und wollten gerade etwas entgegnen, aber Samantha fuhr fort: »Und nicht nur das, ich möchte, dass Sie in Zukunft auch allein verantwortlich sind für sämtliche Belange des Anwesens, die die Außenanlagen und die Ländereien betreffen. Würden Sie sich das zutrauen?«

Joseph Bellows nickte überrascht.

»Ja, natürlich würden wir uns das zutrauen.«

Er lachte kurz auf und schüttelte verwundert den Kopf. »Wir haben uns darum ja auch schon gekümmert, als seine Lordschaft gestorben war, wenn auch nur für kurze Zeit …, aber unterstehen diese Bereiche denn jetzt nicht Mr Tomlinson?«

»Bis gerade eben, ja. Mein Mann wird sich aber in Zukunft häufiger außerhalb von Cardington Manor aufhalten.« Diese Aussage versetzte ihr selbst einen Stich in die Magengegend, doch sie überspielte ihren Schmerz mit einem aufgesetzten Lächeln.

»Und wir wüssten wirklich niemanden, der diese Aufgaben besser erfüllen könnte als Sie beide. Der Mehraufwand an Zeit wird Ihnen natürlich entlohnt.«

»Vielen Dank, Mrs Tomlinson!«, sagte nun auch William und strahlte überglücklich. »Ich weiß überhaupt nicht, was ich dazu sagen soll …«

»Ja, vielen Dank auch von mir, Madame«, schloss sich sein Großvater an. »Aber erlauben Sie mir bitte den Hinweis, dass ich schon seit einiger Zeit dabei bin, mein Wissen und meine Stellung an meinen Enkelsohn zu übertragen. Ich denke, er wird eher der Richtige dafür sein. Meine alten Knochen wollen nicht mehr so wie ich und da wird es für mich langsam Zeit, mich zurückzuziehen.«

»Ich verstehe«, sagte Samantha. »Es sei Ihnen von Herzen vergönnt, Mr Bellows! Ich bin sicher, William wird in diese große Aufgabe wunderbar hineingewachsen sein, wenn Sie sich endgültig zur Ruhe setzen.«

»Das wäre wirklich eine großartige Herausforderung für mich!«, sagte William und dankte ihr nochmals von Herzen.

»Allerdings, Mr Bellows, hätte ich auch nichts dagegen, wenn Sie weiterhin hier auf Cardington Manor wohnen blieben, um ihrem Enkel als Mentor zur Seite zu stehen. Ich schätze Ihre Erfahrung wirklich über alle Maßen. Oder haben Sie etwa schon andere Pläne für die Zukunft?«

»Nicht direkt …« Joseph Bellows dachte einen Augenblick lang nach. Dann nickte er und lächelte Samantha aus freundlichen blauen Augen an.

»Ich würde wirklich sehr gerne hier wohnen bleiben. Ich danke Ihnen für das großzügige Angebot! Wissen Sie,

Madame, wenn man wie ich den Großteil seines Lebens hier auf Cardington Manor gelebt und gearbeitet hat, fällt es einem schwer, sich vorzustellen, irgendwo anders hinzuziehen. Man ist wie verwachsen mit diesem Anwesen ... wie es auch die alten Bäume sind, die hier stehen.« Er deutete auf den Park ringsumher. »Wenn man die herausreißen würde«, er schüttelte bedauernd den Kopf, »die würden sicher nirgendwo mehr Wurzeln schlagen.«

»Ich verstehe genau, was Sie meinen«, sagte Samantha und dachte einen Moment lang an Henderson, der praktisch vor der gleichen Situation stand.

Sie trank ihren Tee aus, zog die nasse Regenjacke wieder an und verabschiedete sich von beiden Gärtnern mit einem Handschlag, der ihre neue Vereinbarung besiegelte.

Als sie das Gewächshaus gerade verlassen hatte, konnte sie noch hören, wie der Großvater zu seinem Enkel sprach: »Ja, jetzt bist du dran, mein Junge! Vielleicht kann ich dir ja dann und wann noch mal zur Hand gehen, wenn Not am Mann ist.«

Samantha lächelte gerührt und wusste nun sicher, dass sie das Richtige getan hatte.

Die Situation fühlte sich gut an. Einfach nur gut.

11

Kurz vor der Hochzeitswiese fiel ihr auf, dass der Regen und der Wind inzwischen deutlich nachgelassen hatten. Die Sonne schickte sogar hier und da ein paar Strahlen durch die Wolkendecke und verwandelte die Nässe plötzlich in schwülwarme Luft. Samantha zog sich das Regenzeug aus und legte es sich über den Arm. An der Weggabelung zum Wohnhaus entschied sie sich dafür, doch noch einmal beim Gestüt vorbeizugehen, um sich zu vergewissern, dass Anthony Browning an seinem ersten Arbeitstag alles zu seiner Zufriedenheit vorgefunden hatte. Sie bog auf dem Kiesweg nach links ein und konnte schon aus einiger Entfernung die Stallungen ausmachen.

Ein lautes Wiehern bannte ihren Blick in die Richtung des Eingangstores. Sie sah einen Reiter, der mit dem Rücken zu ihr gewandt auf einem imposanten schwarzen Pferd saß und es beruhigte.

Das musste *Black Velvet Unicorn* sein, doch es war nicht Mr Browning, der ihn ritt. Es war auch niemand sonst aus dem Stall, den sie kannte. Den Bewegungen nach zu urteilen, war es ein jüngerer Mann. Anscheinend machte auch ihm die feuchte Hitze zu schaffen, denn er zog sich seinen Pullover über den Kopf und warf ihn zusammen mit der Reitkappe über einen Gatterpfosten. Zum Vorschein kam ein sonnengebräunter Rücken, auf dem das Spiel gut definierter Muskeln zu sehen war. Zudem ein Hinterkopf mit kurzem, in tiefem Blauschwarz glänzendem Haar, das in Farbe und Schimmer dem Fell des Hengstes glich. Pferd und Reiter bildeten eine Einheit und gaben ein ausgesprochen schönes Bild ab.

»Und ich dachte, mit dem *hübschen Burschen*, den er

mitbringen wollte, hatte er seinen Hengst gemeint«, sagte Samantha halblaut vor sich hin und musste dann kichern wie ein junges Mädchen. Im selben Moment freute sie sich darüber, dass die vielen Neuerungen auf Cardington Manor sie offenbar ein wenig von ihrer Wut auf Michael abzulenken vermochten.

Noch einige Male betrachtete sie beim Näherkommen das Gespann. Es war einfach ein zu ästhetischer Anblick, dem sie sich kaum zu entziehen vermochte: der kraftstrotzende Rappe und darauf sitzend ein athletisch gebauter Mann, der dem Tier offensichtlich ein Äquivalent an Stärke und Macht entgegenzusetzen wusste.

Das wird irgendjemand von seinem früheren Personal sein, dachte sie.

Als sie fast das Tor erreicht hatte, wandte sich der Reiter dann plötzlich um, als hätte er ihre Anwesenheit in seinem Rücken gespürt, und der Hengst folgte seiner Bewegung.

Samantha blieb auf einmal stehen und vergaß dabei völlig, weiterzuatmen.

Der Mann fixierte sie aus schwarzen Augen.

Ihr Herz schlug wild gegen ihren Brustkorb, als ihre Blicke sich trafen.

Einen Moment lang verharrten sie auf diese Weise.

Samanthas Kehle war augenblicklich wie ausgedorrt. Sie wollte etwas sagen, doch die Worte blieben ihr im Hals stecken.

»Guten Tag, Samantha.« Es war Timothy Browning. Er nickte kurz zur Begrüßung.

Samantha war nicht in der Verfassung, diesen Gruß zu erwidern. Ihr war es, als wäre sie überhaupt nicht mehr in der Lage zu sprechen. Sie konnte ihn nur weiterhin anstarren. Vollkommen ungläubig.

Timothy sah für sie irgendwie fremd aus. Es war sein Haar. War es kürzer, als sie es in Erinnerung hatte?

»Du bist sicher überrascht, mich hier zu sehen.«
Er stieg ab und band das Pferd an einem Pfosten fest.
Samantha räusperte sich, damit sie endlich auch ein Wort herausbekam.
»Allerdings! Überrascht ist gar kein Ausdruck«, brachte sie schließlich mit belegter Stimme hervor.
»Was … was tust du hier? Ich dachte, du bist nach Kalifornien geflogen, um dort …«
Doch Timothy unterbrach sie sofort: »Ja, das wollte ich auch. Mein Vater hatte mich schon nach Heathrow gebracht, aber …«
Er ging ein paar Schritte auf Samantha zu, die noch immer wie angewachsen in der Toreinfahrt stand. Bevor er weitersprach, blickte er sich suchend um und vergewisserte sich, dass niemand ihr Gespräch belauschte. Dann nahm er sie plötzlich für einen kurzen Moment am Unterarm und führte sie sanft außer Sicht- und Hörweite, indem er sie aus der Toreinfahrt heraus und hinter einen Busch schob.

Samantha erschrak über die blitzartige Erregung, die sie völlig unvorbereitet erwischt hatte, als sie dieses weitere Mal Timothys Hand auf ihrer Haut spürte. Sie fühlte förmlich, wie das Blut durch ihre Adern floss und jede Stelle ihres Körpers mit Leben versorgte, so warm und pulsierend war dieser Moment.

Timothy schien diese Empfindung nicht zu teilen, denn er beendete seinen Satz völlig unbeeindruckt, nachdem er sicher war, dass er nun ohne Gefahr sprechen konnte.

»… dort haben bereits so viele Reporter auf mich gewartet, du kannst es dir nicht vorstellen! Ganze Fernsehteams waren da – wie die Aasgeier! Ich bin dann gar nicht erst aus dem Wagen gestiegen. Wahrscheinlich stehen die noch immer da und warten auf mich!«

Er lachte kurz auf, schüttelte jedoch schließlich den Kopf, und auch Samantha verbarg bei dieser Vorstellung ein Schmunzeln. »Und das alles nur, weil sich ein Mann von einer Frau getrennt hat – was für eine Sensation!« Er wirkte, als könnte er diesen ganzen Irrsinn noch immer nicht begreifen.

»Es war eben nicht irgendeine Frau, von der sich dieser Mann getrennt hat, sondern zufällig die schönste in ganz England.« Unauffällig rieb sie mehrmals über die Stelle an ihrem Arm, konnte das aufreizende Gefühl jedoch nicht beseitigen.

»Tja ... Schönheit liegt aber noch immer im Auge des Betrachters«, sagte er.

Samantha zuckte bei diesen Worten zusammen, weil sie Ähnliches schon einmal von Michael gehört hatte, damals, kurz bevor sie ein Paar geworden waren. Und auch damals war ausgerechnet Hazels Schönheit das Thema gewesen.

»Außerdem«, fuhr Timothy fort, »wenn man Hazel erst näher kennengelernt hat, ist sie nicht mehr schön - ganz und gar nicht. Dann kann sie eigentlich sogar richtig hässlich sein.« Er schüttelte erneut den Kopf, als würde er sich obendrein über seine eigene Verblendung wundern.

»Mein Vater hat sie auch nicht leiden können, und das heißt etwas – mein alter Herr kommt wirklich mit fast jedem Menschen zurecht! Aber Hazel mochte er von Anfang an nicht – komisch, nicht wahr?«

Er machte auf Samantha den Eindruck, als würde er sich noch immer ernsthaft, aber ohne jegliches Ergebnis, den Kopf über das Phänomen *Hazel* zerbrechen.

»Na ja, ist ja auch egal.«, sagte er schließlich.

»Ähm ... ja ...« Samantha räusperte sich erneut.

»Ich weiß leider auch nicht, was ich dir dazu sagen soll.« Sie zuckte mit den Achseln. »Vor allem weiß ich noch immer nicht, warum du jetzt ausgerechnet hier auf Cardington Manor bist. Was tust du hier?«

»Ach so, ja ... das war die Idee von meinem Dad. Er

hat gesagt, dass er mich diesem Pack schlecht zum Fraß vorwerfen könnte, aber dass er einen Ort wüsste, an dem mich garantiert niemand sucht.«

Dann ahmte er plötzlich den Tonfall seines Vaters nach: »Und es wird dich garantiert wieder auf den Boden bringen, mein Junge, wenn du körperliche Arbeit leistest, statt in diesen neumodischen *Fitnessstudios* herumzuhängen und deine Kraft sinnlos an diese Maschinen zu vergeuden. Aber zuerst solltest du dich von diesen furchtbar langen Haaren verabschieden, schon allein deshalb, damit man dich nicht so leicht erkennt!«

Samantha lachte darüber, wie treffend er Anthony Browning parodierte. Aber sie spürte auch deutlich, wie viel ihm sein Vater und dessen Meinung bedeuteten. Das beeindruckte sie, trotzdem erwiderte sie darauf nur: »Wo er recht hat …«

»Ja, und seitdem arbeite ich hier.« Dann lachte auch er. »Das ist doch auch mal eine Karriere: vom hoffnungsvollen Hollywood-Schauspieler zum Pferdeknecht! Und von Hazels Schlafgemach in die Kammer über dem Stall!«

Als Samantha gerade etwas darauf erwidern wollte, verdüsterte sich Timothys Blick, weil sich von hinten ein Stallbursche näherte, der offenbar auf der Suche nach ihm war.

»Niemand hier darf wissen, wer ich bin, damit nicht schon wieder jemand die Presse informiert«, flüsterte er beschwörend und Samantha fühlte sich augenblicklich an die letzte Begegnung mit ihm erinnert, als er und Hazel sich als Verlobte vorgestellt hatten.

»Für die Leute hier aus dem Stall heiße ich *Dave* und bin ein Neffe meines Vaters – schon wegen der Ähnlichkeit – und …«

»Ja, das ist wirklich ein wunderschönes Tier, Dave!«, parierte Samantha, als der Bursche hinter ihnen stand. »Willkommen auf Cardington Manor!«

Dann wandte sie sich zum Gehen.

»Und grüßen Sie bitte noch Ihren Onkel von mir!«

Sie war froh über diese Gelegenheit zur Flucht und nahm sich vor, die Nähe des Gestüts in Zukunft weiträumig zu meiden.

Als sie sich schon einige Meter entfernt hatte, war sie sich sicher, dass Timothy ihr nachsah. Sie fühlte seinen Blick in ihrem Rücken, wagte aber nicht, sich noch einmal umzudrehen.

Die verflixte Stelle am Arm, an der er sie zuvor berührt hatte, war noch immer störend zu spüren, als sie schon fast ihr Zuhause erreicht hatte.

12

Der Wettergott hatte kein Einsehen. Nicht einmal am Tag der Eröffnung der Rosenschau. Über der gläsernen Kuppel der Orangerie fegten dunkle Wolken dahin, gejagt von einem heftigen Wind. Feine Regentropfen bedeckten bereits gleichmäßig die Scheibenfragmente des antiken Gewächshauses.

Durch die verschwommenen Fenster beobachteten Samantha und Roberta, wie Frank in Regenmontur mit seinem Hund direkt an ihnen vorbei durch die Anlage rannte. Das Unwetter schien den beiden nichts auszumachen.

Dann sprang Samantha plötzlich auf und klopfte laut an eine der Scheiben. Als der Junge nach ein paar Versuchen endlich darauf reagierte, deutete sie heftig gestikulierend auf die Seite des Parks, von der er gekommen war. Dann nickte er und wechselte die Richtung.

Seine Mutter schüttelte den Kopf und setzte sich wieder an den Frühstückstisch.

»Ich habe ihm bestimmt schon an die einhundert Mal gesagt, er soll bei Sturm auf den Freiflächen und auf den Wegen bleiben und nicht zu nah zu den alten Bäumen laufen! Das ist viel zu gefährlich!«

»… aber auch viel zu verführerisch für einen Jungen mit Franks Bewegungsdrang!«, ergänzte Roberta.

Colin saß währenddessen zufrieden in seinem Stühlchen und zerkrümelte ein Stück Toast. Ein abgebrochener Ast schlug auf einmal so jäh gegen die Scheiben, dass es klirrte wie splitterndes Glas. Der Kleine schrak von seiner Beschäftigung auf und blickte mit großen, bangen Augen zu den Erwachsenen, die den Vorfall nicht einmal bemerkt hatten, weil sie sich gerade so angeregt unterhielten.

Roberta lachte laut auf.

Sie war sich sicher, dass Samantha sich einen Scherz mit ihr erlaubt hatte. Ihre Stimmung war einfach zu gut, um nicht davon auszugehen. Voller Vorfreude und Aufregung trug sie bereits die dunkelgrüne Anstecknadel mit dem Emblem von *Cardington Roses*.

»Also, jetzt sag schon, wann kommt er?«, fragte sie noch einmal und knuffte Samantha vergnügt in die Seite.

»Du hast doch gehört, Roberta: Er kommt nicht«, antwortete Samantha ernst und sah sie eindringlich an. »Michael kommt nicht zur Eröffnung. Nicht jetzt und auch nicht später am Tag – gar nicht!«

»Aber ... aber ... warum denn nicht? Was ... ist denn passiert?« Roberta war kurz davor, die Fassung zu verlieren.

»Tja ... Was ist passiert ...«, sinnierte Samantha und goss sich und ihrer Freundin Tee nach, um noch einen Moment in Ruhe darüber nachdenken zu können.

»Wir hatten vor ein paar Tagen eine schlimme Auseinandersetzung, bei der Michael mir eröffnet hat, dass er lieber weniger oft hier, dafür lieber öfter auswärts arbeiten möchte. Und als er mir dann großzügigerweise sein Erscheinen für heute zugesichert hat, habe ich ihm geantwortet, dass ich darauf auch gerne verzichten kann.«

Sie staunte über sich selbst, wie ruhig sie die Dinge inzwischen zusammenfassen konnte. Und das auch noch zwei Stunden vor Beginn der Rosenschau.

»Aber ... aber ... die Ausstellung fängt doch gleich an!« Robertas gute Laune war nun endgültig dahin. »Und ... wie wird nur die Presse darauf reagieren, wenn dein Mann nicht da ist, der noch dazu ein berühmter Landschaftsarchitekt ist, und ...«

»Das weiß ich auch nicht, Roberta. Ich brauche auf jeden Fall keinen Mann an meiner Seite, der nur kurz hier erscheint, um in die Kameras zu lächeln, um mich gleich danach wieder mit allem alleinzulassen. Für die Öffentlichkeit *keep smiling*, damit die ganze Welt denken soll, dass hier auf Cardington Manor alles in bester Ordnung ist – nein, danke! So etwas brauche ich nicht!«

»Aber warum hast du mir denn nicht längst davon erzählt? Ich hätte dir doch gerne noch mehr geholfen in dieser Situation, wenn ich es gewusst hätte!«

Roberta verstand die Welt nicht mehr.

»Und woher weißt du überhaupt, dass er das tun würde? Ich meine, dich danach wieder alleinlassen.«

»Weil er gerade einen Vertrag in Schottland zu erfüllen hat, der ihn für circa vier Wochen dort beschäftigen wird. Und weil er mir vorgeschlagen hat, ich möge mir doch für die viele Arbeit hier gefälligst weiteres Personal einstellen – er sei dafür überqualifiziert und auf jeden Fall nicht länger zuständig. So habe ich ihn jedenfalls verstanden.«

»Das kann ich mir nicht vorstellen … doch nicht unser Michael!«

»Siehst du, und genau aus diesem Grund habe ich es dir nicht früher erzählt. Michael kann tun und lassen, was er will – du nimmst ihn immer in Schutz!«

»Ist das wirklich so?« Roberta dachte eine kleine Weile darüber nach. »Hm … ist mir noch gar nicht aufgefallen, aber wenn du das sagst … ich mag Michael eben und kann mir das einfach nicht vorstellen. Vielleicht will ich es mir auch einfach nicht vorstellen.«

»Ich weiß, das sollte jetzt auch nicht so böse klingen, aber ich bin ziemlich mit den Nerven runter und …«

»Das kann ich mir nun wiederum sehr gut vorstellen«, sagte Roberta und legte eine Hand versöhnlich auf Samanthas Arm. »Hast dann wohl auch nicht so gut geschlafen in den letzten Nächten, oder?«

Samantha nickte stumm und kämpfte plötzlich mit den

Tränen.

»Irgendwie scheint mir diese vermaledeite Rosenschau nur Unglück zu bringen«, sagte sie mit erstickter Stimme. »Ich verwünsche den Tag, als ich die Idee dazu hatte!«

»Und das scheint mir doch jetzt Unsinn zu sein, Samantha! Wie kommst du denn nur auf so etwas?«

»Kannst du dich noch erinnern? Letzten Sommer, als ich den Einfall hatte und ich Michael davon erzählen wollte ...« Sie putzte sich die Nase. »... da war dann plötzlich Hazel McGregor am Apparat ... und Michael und ich hatten danach eine ziemliche Krise. Und jetzt, pünktlich zur Eröffnung, steht meine Ehe möglicherweise sogar vor dem Aus und ich habe keine Ahnung, was ich dagegen tun kann.«

Roberta schwieg bekümmert und Samantha fuhr fort: »Plötzlich ziehen wir nicht mehr an einem Strang, weißt du, als hätten wir auf einmal völlig unterschiedliche Interessen und Prioritäten im Leben! Kann man sich nach so kurzer Zeit denn schon auseinanderentwickelt haben?«

Roberta räusperte sich. »Hm ... das ist in der Tat alles merkwürdig. Ich weiß nicht, warum, aber gerade fällt mir eine Geschichte von früher ein: Damals in Lamberhurst gab es ein junges Ehepaar, das es mit allem schrecklich eilig hatte: Hochzeit, Kinderkriegen, Hausbau und der ganze Kram eben. Alles, wozu andere Paare Jahre benötigten, hatten die beiden plötzlich innerhalb von ein paar Monaten aus dem Boden gestampft. Das Kinderkriegen ging ihnen dann aber nicht schnell genug, und da sprachen sie eines Tages bei mir im Waisenhaus vor. Die Frau war bereits hochschwanger und sie wollten aber unbedingt noch ein Kind dazu adoptieren, weil ihr Baby nicht ohne Geschwisterchen aufwachsen sollte. Na ja, langer Rede kurzer Sinn: Nach ungefähr zwei Jahren war die Ehe der beiden am Ende, als hätte sie nur gehalten, solange sie durch immer neue Attraktionen belebt wurde. Dann war der Lack plötzlich ab, wie man so sagt.« Sie hielt einen Moment lang inne und seufzte. »Irgendwie erinnern mich die beiden an euch, obwohl man eure Lebenssituationen natürlich nicht miteinander vergleichen kann.«

»Du meinst, dass bei uns vielleicht auch schon der Lack ab ist, weil jetzt nichts Neues mehr dazukommt? Hm, vielleicht hast du recht. Wir hatten es zwar nicht wirklich eilig, aber die Tatsache, dass ich so schnell und unerwartet schwanger geworden bin, hat schon so einiges beschleunigt. Dann noch die verheerende Situation im Kinderheim von Lamberhurst. Wir hatten doch eigentlich keine andere Wahl, als so zu entscheiden und zu handeln, wie wir es getan haben, oder? Ich jedenfalls würde alles wieder genauso machen, wenn ich noch einmal in der Situation wäre, und …« Ihr Blick fiel auf die Uhr, die auf dem Frühstücksbuffet stand und gerade zweimal schlug.

»Was? Schon so spät? Oh mein Gott!« Sie trank schnell ihren Tee aus. »Bleibst du bitte bei Colin? Auch während der Eröffnung? Das wäre mir wirklich eine große Hilfe!«

»Natürlich, Liebes! Geh nur! Ich kümmere mich schon um unseren kleinen Engel.«

»Viel lieber würde ich jetzt hier bei dir bleiben, noch ein Weilchen mit dir reden und gemütlich Tee trinken. Ich werde mich jetzt rasch zurechtmachen, um später eben allein in die Kameras zu lächeln. Wohl oder übel werde ich mich daran gewöhnen müssen.«

»Und das bei diesem Mistwetter!«

»Ach, das Wetter, das ist im Augenblick wirklich mein geringstes Problem, Roberta, glaub mir! Ich habe mich eh schon längst damit abgefunden, dass die Eröffnung ins Wasser fällt.« Sie erhob sich vom Frühstückstisch. »Aber das ist jetzt auch schon egal.«

Roberta sah ihr mit tränenverschleiertem Blick nach und wusste nicht, was sie noch sagen konnte.

Samantha war schon fast beim Durchgang zur Eingangshalle angekommen, als es dort klopfte und jemand im Türrahmen lehnte.

»Gibt es hier zufällig noch eine Tasse Tee für einen hungrigen Heimkehrer?«

Samantha hielt in der Bewegung inne und starrte ihn an, als wäre er ein Geist.

»Michael!«, rief Roberta indes und strahlte ihn glücklich an. »Ich hab's doch gewusst!« Ihre Welt war wiederhergestellt.

Auch Colin sah ihn vergnügt an und brabbelte etwas.

»Guten Morgen, mein Schatz!«, sagte Michael und ging langsam auf Samantha zu. Er legte seine Arme um ihre Taille und zog sie gegen ihren Widerstand an sich.

Erst als er ihr in die Augen sah und sie anlächelte, hörte sie auf, sich dagegen zu sperren. Dann gab er ihr einen Kuss, den sie nur flüchtig erwiderte.

»Guten Morgen, Michael! Ich bin überrascht, dich hier zu sehen«, sagte sie kühl.

»Wieso? Ich habe dir doch versprochen, dass ich zur Eröffnung hier sein werde.«

Sie schnaubte und wollte gerade etwas antworten.

Da erklang ein Freudenschrei aus der Eingangshalle: »Dad!« Frank kam hereingerannt und umklammerte seinen Vater von hinten.

Samantha entzog sich ihrerseits der Umarmung und verließ die Orangerie mit den Worten: »Ihr entschuldigt mich? Ich bin spät dran.«

Michael hob Frank hoch und blickte dabei Samantha enttäuscht nach.

»Na, Sportsfreund? Wie geht es dir? Schon aufgeregt vor deiner ersten Reise?«

Dann küsste er Roberta auf die Wange und setzte Frank ab, um Colin auf den Arm zu nehmen und zu herzen. Sie unterhielten sich, während Michael ein kleines

Frühstück zu sich nahm.

»Schön, dass du da bist, Michael!«, sagte Roberta und es war ihr noch nie so ernst gewesen wie in diesem Moment.

Dann ging er ebenfalls nach oben, weil er vor dem großen Event noch duschen und sich umziehen wollte.

Als Henderson kurz darauf in die Orangerie kam, um das Geschirr abzuräumen, schüttelte Roberta den Kopf und sagte leise zu ihm: »Ich bin mir gerade nicht mehr sicher, ob ich unsere Reise wirklich werde antreten können.«

13

Schweigend gingen sie nebeneinanderher. Auf den Wegen reihten sich Pfützen aneinander und spiegelten den wolkenverhangenen Himmel wider.

Michael hielt den Schirm über seine Frau und überlegte angestrengt, wie er die Unterhaltung in Gang bringen könnte.

»Ich weiß, dass du mir bei unserem Streit gesagt hast, dass du heute gut auf mich verzichten kannst, aber dir muss doch klar gewesen sein, dass ich trotzdem komme, oder nicht? Immerhin kennst du mich ja inzwischen auch schon eine ganze Weile und du weißt doch, dass ich meine Pflichten ernst nehme und …« Dann stockte er, denn er wusste nun nicht mehr, was er noch sagen konnte.

»Ja, dein Pflichtbewusstsein in beruflichen Belangen ist mir hinlänglich bekannt«, gab sie unterkühlt zurück. »Nur …« Sie sprach den Satz nicht zu Ende. Noch immer war sie völlig überrascht davon, dass er doch gekommen war. Die Worte, die sie sich als Erklärung für ihn sorgsam zurechtgelegt hatte – nachts, als sie wach lag –, hatte sie darüber vergessen.

»Nur?«

»Nur … dass du hier keine beruflichen Pflichten mehr hast.«

»Ach so?« Er schnaubte scheinbar belustigt. »Und die Rosenausstellung?«

»… ist jetzt Sache von Mr Bellows und seinem Enkel William, wie du mir ja vorgeschlagen hast. Sie allein sind seit ein paar Tagen dafür verantwortlich. Ebenso für sämtliche Belange der Außenanlagen des Anwesens.«

»Das ging ja schnell! Ich muss sagen, du lässt wirklich nichts anbrennen!«

»Was hast du? Das müsste doch in deinem Sinn sein. Ganz wie du es dir gewünscht hast!«

Michael schwieg. Er sah auf einmal sehr ernst und nachdenklich aus.

»Worauf hätte ich denn warten sollen?«, fragte sie nach einem Seitenblick auf ihn. »Dass du gnädigerweise zu mir zurückkommst? Oder darauf, dass du es dir vielleicht anders überlegt hast?«

Weil er noch immer nichts erwiderte, fuhr sie fort: »Und auch das Gestüt ist jetzt übrigens in guten Händen ... eigentlich sogar in den besten! In den allerbesten!«

Sie dachte kurz daran, wie reibungslos sich alles gefügt hatte, und lächelte.

»Anthony Browning hat es übernommen und ist mitsamt seinem Hengst wieder hier eingezogen.«

Michael blickte sie mit großen Augen an.

»Da war ich gerade mal vier Tage weg und jetzt bin ich tatsächlich überflüssig?« Er lachte kurz auf.

»Ja. Genau, wie du es wolltest, nicht wahr? Ich frage mich nur, warum du es *überflüssig* nennst. Das klingt so negativ, findest du nicht auch?« Sie staunte selbst, zu welchem Sarkasmus sie fähig war. »Freu dich doch, du bist jetzt frei! Frei für deine beruflichen Pflichten und all die tollen und wichtigen Projekte, die da draußen in der weiten Welt auf dich warten ...«

»Samantha, ich ...«

»... während deine Familie hier vor die Hunde geht!«, schrie sie ihm nun entgegen. »Tauchst hier plötzlich auf, wenn die ganze Arbeit getan ist, und spielst den liebenden Familienvater! Ach ja, ich vergaß – die ganze Presse ist ja heute auch anwesend!«

»Aber das habe ich doch gar nicht ...«

»Michael, ich habe nur getan, was du mir neulich am Abend so unmissverständlich dargelegt hast, und weil mir in der Situation gar nichts anderes übrig geblieben ist.

Jetzt wage nicht, mir die Ohren vollzujammern, weil ich hier die Zügel in die Hand genommen habe und du jetzt vielleicht in deinem Stolz verletzt bist! Wie sagt man? *Hüte dich vor deinen Wünschen – sie könnten dir erfüllt werden!*«

Michael erwiderte darauf nichts. Er blieb auf einmal stehen und sah seine Frau ratlos an. Der Abgrund zwischen ihnen war so groß wie nie zuvor und inzwischen gab es auch Konsequenzen, die nicht mehr rückgängig zu machen waren. Konsequenzen, die er selbst eingefordert und deren Folgen er nicht bedacht hatte.

Lautes, aufgeregtes Stimmengewirr unterbrach den Streit und bannte ihre Blicke auf das Ende des Weges. Die Hochzeitswiese war bereits in Sicht. Schon von Weitem waren unzählige Menschen mit Regenschirmen zu erkennen, die sich als viele bunte Kleckse über das satte Grün verteilten. Ein weißer Lieferwagen kam herangefahren, aus dem ein Mann mit einer überdimensionierten Kamera ausstieg und sich damit unter einen Pavillon flüchtete.

Samantha wandte Michael ihr verweintes Gesicht zu.

»Mach, was immer du willst! Ich werde auf jeden Fall jetzt dort erwartet. Und ich schlage vor, dass wir unsere Unterredung an dieser Stelle abbrechen, bevor sich mein Make-up noch vollends auflöst.«

Sie zog ein Taschentuch aus ihrer Handtasche und tupfte sich notdürftig die Augenwinkel trocken.

»Noch kann ich es auf den Regen schieben.«

Sie putzte sich die Nase und atmete tief durch, bevor sie fortfuhr: »Schließlich habe ich fast ein ganzes Jahr lang auf diesen heutigen Tag hingearbeitet. Und jetzt ist *Showtime*, wie man so schön sagt, und da muss ich jetzt durch. Es interessiert in so einem Moment nicht, wie es in einem aussieht, und die Menschen da draußen geht es auch nichts an.«

Sie nahm ihm den Schirm aus der Hand, drehte sich um und stapfte den Weg allein weiter. Irgendetwas in ihrem Inneren gab ihr die Kraft dazu. Sie fühlte sich unabhängig, und das fühlte sich gut an. Trotz all des Kummers wegen ihrer Ehe und der geplatzten Erwartungen.

Michael blickte ihr noch eine Weile hinterher, unfähig, etwas zu erwidern oder zu unternehmen. Als ihm irgendwann auffiel, dass er ganz nass im Gesicht war und ihm das Regenwasser bereits in den Nacken lief, schlug er den Kragen seiner Wachsjacke hoch und trat den Rückweg an. Die ganze Situation war so verfahren!

Er überlegte, ob er nach oben gehen sollte, um noch ein paar mehr persönliche Dinge mitzunehmen. Für die nächsten Wochen in Schottland reichte sein Gepäck bei Weitem nicht aus.

Dann sah er plötzlich, dass auch Roberta auf dem Weg zur Hochzeitswiese war. Sie schob den Kinderwagen, in dem Colin saß. Neben ihr liefen Frank und sein Hündchen umher. Sie waren zwar noch in einiger Entfernung, aber er würde ihnen geradewegs in die Arme laufen, wenn er jetzt einfach weiterging. Und dann würden sie Fragen stellen. Fragen, die er Roberta vielleicht noch würde beantworten können.

Aber Frank? Was sollte er dem Jungen denn sagen, wenn er fragte, wohin sein Vater nun auf dem Weg war? Und wann er wiederkäme? Warum er denn überhaupt fortging?

In der nächsten Sekunde änderte Michael seine Richtung. Wie in Panik lief er im Schutz der Büsche und Bäume querfeldein durch den vom Regen durchnässten Park. Der Untergrund war schwammig und teilweise glitschig, aber das nahm er gar nicht wirklich wahr. Manchmal musste er sogar über heruntergebrochene Äste steigen, doch er bewegte sich wie in Trance.

Nur weg, dachte er. *Einfach nur weg!*

Weg von diesem Anwesen, das nach ihm zu greifen schien wie eine achtarmige Krake und ihn von seinen eigentlichen Wünschen abzubringen versuchte.

Am Wagen angekommen, vermied er sogar den üblichen Blick zum Haupthaus. Warum, das wusste er selbst nicht. Wie ferngesteuert stieg er ein und fuhr mit durchdrehenden Reifen los. Auf dem Kiesweg kamen ihm viele Autos entgegen – Besucher, die das Ereignis trotz des Regens nicht verpassen wollten. Aber er gab Gas.

In diesem Moment hasste er sich selbst dafür.

14

Im Wohnzimmer von Samantha und Michael brannte ein behagliches Feuer. Henderson hatte es noch entfacht, bevor er mit seiner Verlobten zu einer Theatervorstellung aufbrach. Sie waren nun wieder mit dem Bentley unterwegs. Zuvor hatte Roberta noch Frank und Colin zu Bett gebracht, die vor Erschöpfung sofort eingeschlafen waren.

Samantha lag auf dem Sofa, in der Hand ein langstieliges Rotweinglas, und ließ den Erfolg ihrer Rosenausstellung im Geiste Revue passieren.

Was für ein gelungener Tag!

Trotz des schlechten Wetters waren mehr Besucher gekommen, als sie es sich erträumt hatte. Sogar ein Fernsehteam hatte eine Reportage über die Veranstaltung gedreht. Aber ihr persönlicher Höhepunkt war der überraschende Besuch von Englands bekanntestem Rosenzüchter, bei dem sie und Michael im Jahr zuvor die Stöcke gekauft hatten. Samantha hatte gezögert, den viel beschäftigten Mann überhaupt einzuladen, weil sie doch noch ganz am Anfang stand mit ihrer Erfahrung. Aber Mr Austin war nicht nur persönlich erschienen, um dem Ereignis Prominenz zu verleihen, er hatte Samantha auch ein ganz besonderes Geschenk mitgebracht: eine neue pfirsichfarbene Rosenzüchtung, die den klangvollen Namen *Lady Samantha* tragen sollte, und nun auf Cardington Manor zu Hause war. Das war ein wirklich glanzvoller Moment gewesen.

Sie seufzte und war glücklich.

Bis zu dem Moment, als sich die unschöne Unterredung mit Michael in ihre Erinnerung schob und ihr eine leichte Übelkeit verursachte. Ein kräftiger Schluck Rotwein konnte die unangenehme Empfindung nur leicht dämpfen. Ihre Stimmung wechselte daraufhin von Wehmut zu Trauer, als ihr bewusst wurde, dass ihr Ehemann an diesem für sie so wichtigen Tag nicht an ihrer Seite gewesen war. Und über die Tatsache, dass sie an diesem Umstand nicht ganz unbeteiligt war.

Gerade wollte sie sich die Details des letzten Gespräches mit Michael noch einmal durch den Kopf gehen lassen, da läutete ihr Mobiltelefon und sie erschrak fürchterlich.

Was sollte sie nur sagen, falls Michael am Apparat wäre? Eigentlich hatte sie in diesem Moment weder die Lust noch die Energie für weitere zermürbende Auseinandersetzungen. Abermals seufzte sie laut – diesmal jedoch aus Ernüchterung

Können wir das nicht auch morgen besprechen?

Sie stellte das Glas ab und nahm den Apparat vom Tisch. Doch sie regte sich zu Unrecht auf. Die Nummer war ihr nicht bekannt.

Wer kann denn das jetzt sein?
Ist doch schon fast 22:00 Uhr!

Sie verspürte keinerlei Lust, den Anruf entgegenzunehmen und ließ es daher einfach läuten.

Doch das Klingeln hörte nicht auf. Es war geradezu penetrant.

Und wenn irgendetwas Schlimmes passiert ist?
Mit Michael! Oder mit Roberta und Henderson?

Also drückte sie doch auf die grüne Taste und meldete sich: »Ja, bitte?«

»Guten Abend …«, sagte eine raue Männerstimme.

»Guten Abend! Wer ist denn da?«, unterbrach sie den Anrufer.

»… Samantha, ich bin es, Timothy.«

Der Schreck fuhr ihr durch den ganzen Körper.

»Timothy? Aber … aber wieso rufst du mich um diese

Zeit an? Und woher hast du überhaupt meine Nummer?«

»Bitte verzeih mir … Die Nummer hing hier im Stall bei den Notfalladressen.«

»Ja und? Gibt es einen Notfall im Stall? Kannst du deinen Vater nicht erreichen?«

Er atmete tief durch, bevor er antwortete: »Ich wünschte, es gäbe einen …«

»Wie bitte?«

»Nein … Nein, es gibt keinen Notfall … zumindest nicht im Stall …«

»Und weswegen rufst du mich dann an?«

Sie schüttelte den Kopf und schnaubte empört.

»Ich wollte gerade … einfach nur deine Stimme hören.«

»Sag mal, bist du verrückt geworden? Was, wenn mein Mann ans Telefon gegangen wäre?«

»Dein Mann? Den habe ich doch heute Vormittag wegfahren sehen … mit ziemlichem Tempo sogar … Es würde mich wundern, wenn er jetzt neben dir zu Hause sitzt, wo er doch nicht einmal bei der Ausstellungseröffnung war.«

Sie fühlte sich ertappt und überlegte kurz, wie sie das Thema wechseln konnte.

»Ach, warst du heute auch da? Ich habe dich gar nicht gesehen.«

»Ja, aber mehr so inkognito … ich bin gerade nicht so scharf auf Kameras.«

»Das erwähntest du neulich schon.«

»Es war wirklich toll.«

»Was meinst du?«

»Na, heute, die Veranstaltung, und als dieser gefeierte Rosenpapst dir auch noch seine neueste Kreation gewidmet hat – das hat mir echt gut gefallen, sehr beeindruckend!«

»Ach, das meinst du … ja, das war schon besonders.

Ich habe auch gerade darüber nachgedacht, als du angerufen hast. Die Rose ist so wunderschön, finde ich. Und der Duft erst ...«, sagte sie in einem genießerischen Tonfall.
»Sie passt zu dir, finde ich.«
»Danke«, erwiderte sie mit erstickter Stimme. Sie atmete tief durch und merkte, dass sich ihre Augen bereits mit Tränen füllten.
»Was hast du denn?«
Er klang besorgt. »Geht es dir gerade nicht gut? Kann ich irgendetwas etwas für dich tun?«
»Nein, nein, danke, es ist nichts«, antwortete sie schnell und schluckte den Kloß, der sich in ihrem Hals gebildet hatte, hinunter. »Es ist nur schön, dass ich dieses Erlebnis gerade mit jemandem teilen kann.«
»Stets zu Diensten, Madame!«
Beide schwiegen einen Moment lang.
Dann fragte er unverblümt, so als wären sie schon immer die besten Freunde gewesen: »Warum war denn dein Mann heute nicht bei dir, Sam? An diesem wichtigen Tag, meine ich.«
Einen Augenblick lang überlegte sie, ob sie ihm überhaupt antworten sollte. Aber was hatte sie schon zu verlieren? Schließlich tat es ihr gut, mit jemandem zu reden, der sich für sie interessierte.
»Tja, es läuft wohl gerade nicht so besonders zwischen uns.«
»Verstehe.«
»Das glaube ich kaum – ich verstehe es ja selbst nicht und ich bezweifle auch, dass Michael es versteht.«
»Geplatzte Erwartungen?« Er lachte auf.
»Also, wenn das der Grund sein sollte, darin bin ich absoluter Fachmann. Wenn du also einen guten Rat unter Freunden brauchst ...«
Mit seiner lockeren, humorvollen Art entlockte er Samantha ein Lächeln, obwohl ihr dazu eigentlich gerade

nicht zumute war.

»Es waren wohl eher geplatzte Versprechen, aber auf jeden Fall auch geplatzte Erwartungen.« Sie seufzte und nahm noch einen Schluck Wein. »Ich weiß gar nicht, warum ich dir das alles überhaupt erzähle!«

»Vielleicht weil es guttut, mit jemandem darüber zu sprechen?«

»Ja, das tut es.« Sie putzte sich die Nase. »Aber wie kommt es, dass du ausgerechnet immer dann zur Stelle bist, wenn ich mich gerade mitten in einer Ehekrise befinde? Du scheinst dafür besondere Antennen zu haben!« Sie lachte bitter.

»Keine Ahnung. Zufall?«

»Komischer Zufall!«

»Vielleicht habe ich ja einfach nur Antennen für dich.«

»So scheint es zu sein.«

Timothy schwieg einen Moment lang, dann sagte er: »Ich wollte mich übrigens schon so lange bei dir bedanken.«

»Bedanken? Wofür?«

»Dafür, dass du meinem Vater *Black Velvet Unicorn* geschenkt hast. Das war so unglaublich großherzig von dir, dass ich noch immer kaum Worte dafür finde.«

»Dafür musst du mir nicht danken. Das war einfach … das Richtige im richtigen Moment, würde ich sagen.«

»Ich danke dir trotzdem. Weißt du, ich hatte mir schon so große Sorgen um ihn gemacht, dass er sich vielleicht etwas antut … Sein Leben und alles, was er sich aufgebaut hatte, war mit einem Schlag den Bach hinuntergegangen, wie man so sagt. Mit dem Hengst fing alles an, dann das gesamte Anwesen und zuletzt hat ihn dann noch meine Mutter verlassen, weil sie den gesellschaftlichen Abstieg nicht verkraftet hat. Und jetzt, jetzt sprüht er förmlich wieder vor Leben - und dafür soll ich dir nicht danken? Du hast mir meinen Vater zurückgegeben! Selbst wenn das jetzt ein wenig pathetisch klingt, auf jeden Fall hast du ihn – vor was auch immer – bewahrt.«

»Wenn das so ist, nehme ich deinen Dank natürlich gerne an. Es war mir ausgesprochen unangenehm, dass Charles in ein so unsauberes Geschäft verwickelt war. Ich habe gespürt, dass da etwas nicht in Ordnung war, aber er hat mir nichts erzählt. Erst in dieser einen Nacht wurde mir klar, dass …«

Sie verstummte plötzlich, weil es nicht in ihrer Absicht lag, das Gespräch auf ihre erste Begegnung zu lenken.

Aber Timothy ging nicht darauf ein.

»Du müsstest mal hören, wie mein Vater seitdem über dich spricht, als wärst du eine Heilige!« Er lachte und zauberte damit Samantha abermals ein Lächeln ins Gesicht.

»Ach … ich wollte doch einfach nur dieses alte Unrecht wiedergutmachen. Aber das stimmt ehrlich gesagt nur zur Hälfte … Ich mag ihn einfach, deinen Vater. Ich schätze ihn als Mensch und es freut mich, nun zu sehen, dass er wieder glücklich ist. Und es bereitet mir außerdem ein sehr gutes Gefühl, dass er nun für das Gestüt auf Cardington Manor zuständig ist.«

Timothy erwiderte darauf nichts, aber Samantha spürte, wie sehr ihn ihre letzten Worte berührt hatten. Es entstand eine Stille, die sie die Nähe zwischen ihnen beiden spüren ließ. Doch keineswegs so wie in der Nacht im Park. Diese Nähe gerade traf sie mitten ins Herz und diese Empfindung löste eine Angst aus, ja, sogar regelrechte Panik. Sofort wechselte sie das Thema und bemühte sich, dabei belustigt zu klingen.

»Und, wie gefällt es dir so auf Cardington Manor? Hältst du es noch in deinem Exil aus oder zieht es dich schon wieder zurück in dein altes Leben zu den Reichen und Schönen dieser Welt?«

Sie trank einen großen Schluck Wein zur Beruhigung

ihrer Nerven. Dann hörte sie, wie Timothy laut ausatmete.
»Das ist nicht einfach zu beantworten«, sagte er und dachte einen Moment lang nach.
»Einerseits finde ich es irrsinnig, dass ich mich hier versteckt halten muss. Vom Kopf her zieht es mich andererseits in mein altes Leben zurück, zu meinen Freunden, zu meiner eigentlichen Arbeit und so weiter.«
»Wie? Du arbeitest?«, fragte Samantha und kicherte. »Das hätte ich gar nicht von dir gedacht.«
»Da kannst du mal sehen!«, sagte er und lachte auf.
»Gut aussehend zu sein ist kein Beruf, weißt du?«
»Für eine Hazel McGregor schon.«
»Aber nicht für mich.« Er lachte erneut. »Nein, im Ernst, ich war einige Jahre in den USA und habe in Harvard Wirtschaftswissenschaften und internationales Finanzwesen studiert. Gerade richte ich mir in London eine Kanzlei für Unternehmensberatung ein und habe auch bereits einige Klienten an der Hand – vorausgesetzt, sie bleiben nach diesen letzten Schlagzeilen bei mir.«

Samantha konnte hören, dass auch er etwas trank, bevor er fortfuhr: »Und dann ist da noch mein alter Herr – womit wir nun den Kopfbereich verlassen und in den Gefühlsbereich eintreten …« Er machte eine effektvolle Pause.

Die direkte und humorvolle Art, mit der er sprach, amüsierte Samantha so sehr, dass sie nur mit Mühe ein erneutes Kichern unterdrücken konnte. Außerdem musste sie sich eingestehen, dass sie seine Telefonstimme mochte. Sogar mehr, als es ihr lieb war.

»Und? Was hat das Ganze nun mit deinem Vater zu tun?«, fragte sie ihn, um ihre eigenen Gedanken unter Kontrolle zu bringen.

»Nun, er freut sich so sehr darüber, dass ich hier bin. Er sagt, für ihn ist es die größte Freude, mir dabei zuzusehen, wie ich mit Pferden umgehe.«

»Ach so? Kennst du dich denn so gut mit Pferden aus?«

»Na ja, mein Vater hält es für meine Berufung und er kann nicht verstehen, warum ich überhaupt diesen ganzen *Kram*, wie er es nennt, studiert habe.«

»Und? Ist es wirklich deine Berufung?«

»Sagen wir so, es ist das Einzige, was ich wirklich gut kann ... also mühelos, verstehst du?«

»Das wusste ich nicht und dein Vater hat es auch nie erwähnt.«

»Das ist auch nicht seine Art. Er steht hinter mir, egal was ich mache.«

Sie fand es gerade ausgesprochen angenehm, mit ihm zu sprechen.

»Ich bin gerade ein wenig überrascht. Offenbar bist du nicht der oberflächliche, fremdes Geld verprassende Schönling, als den dich die Medien so gerne darstellen«, sagte sie mit einem Lächeln, das er durch die Leitung hindurch spürte.

»Die Medien wissen natürlich alles besser! Die kennen mich schließlich ganz genau!« Er lachte auf und Samantha spürte einen verbitterten, sarkastischen Unterton in seiner Stimme.

»Aber unsere bisherigen Begegnungen – abgesehen von der letzten – haben diesen Eindruck bestätigt, das musst du zugeben.«

»Ja, natürlich! Was solltest du auch sonst von mir denken?« Er trank einen Schluck, bevor er ausführte: »Das soll jetzt keine Entschuldigung sein, aber ... würdest du mir glauben, wenn ich dir sage, dass ich damals ...«

Er sprach den Satz nicht zu Ende. »Ach, das klingt einfach zu blöd!«

»Na, dann mal los! Sag es schon! Wenn wir uns schon einmal so offen unterhalten können ...«

»Ich ... ich habe mich bei unserer ersten Begegnung

wie ferngesteuert gefühlt … Ich weiß nur noch, dass ich wie besessen von dem Wunsch war, meinen Vater zu rächen für das, was dein Exmann ihm angetan hatte, und da war mir jedes Mittel recht. Jedes! Ich hatte eine solche Wut auf diesen verfluchten Charles. Mein alter Herr steht mir ziemlich nahe, weißt du.«

»Ich verstehe.«

»Schon bei der Begrüßung damals habe ich mich ziemlich beherrschen müssen, ihm nicht sofort einen Kinnhaken zu verpassen. Dieses freundschaftliche Gesäusel! Erst nach ein paar Gläsern Champagner ist es mir dann besser gegangen. Und dass die berühmte Hazel McGregor neben mir gesessen ist, hat mich auch ein bisschen abgelenkt. Aber eigentlich …« Er sprach nicht weiter.

»Was *eigentlich*?«

»Ich konnte meine Augen nicht von dir abwenden, die ganze Zeit über nicht. Hast du das denn gar nicht bemerkt?«

»Nein, überhaupt nicht. Ich war wohl zu beschäftigt damit, Lady Cardington zu sein, die Ehefrau des Gastgebers. Da hat man schließlich Pflichten.«

Sie lachte. »Auf solch eine Idee wäre ich überhaupt nicht gekommen, dass einer der Gäste mich die ganze Zeit über anstarrt.«

»Dann hätte ich deinen lieben Charles gerne noch einmal geschlagen für diese unmögliche Situation, in die er dich gebracht hat. Und als du dann in den Park verschwunden warst … Na ja, den Rest kennst du ja.«

Samanthas Herz begann mit einem Mal, wie wild gegen ihre Brust zu schlagen.

»Ja, den Rest kenne ich«, sagte sie beklommen und Timothy beließ es dabei.

Eine Weile schwiegen sie gemeinsam. Es war jedoch kein peinliches Schweigen, wie es zwischen Menschen vorkam, die sich nicht besonders gut kannten und sich auf einmal nichts mehr zu sagen hatten. Beide wussten sie vom anderen, dass er gerade an die Nacht im Pavillon dachte, als sie sich zum ersten Mal begegnet waren. Und an die außergewöhnliche Anziehung zwischen ihnen – den beiden Fremden.

»Ich denke manchmal daran ... und auch, was gewesen wäre, wenn mein Vater nicht plötzlich aufgetaucht wäre.« Samantha erwiderte nichts darauf. Hilflos nahm sie wahr, wie die Lust nach ihm schon wieder Besitz von ihr ergriff.

»Und du? Hast du wirklich nie mehr daran gedacht?«

»Ich ... ich glaube, wir sollten das Gespräch jetzt beenden«, stammelte sie.

»Warum?«

»Weil es besser wäre – für uns beide. Meine Stimme dürftest du ja inzwischen zur Genüge gehört haben.« Sie unterstrich ihre Antwort mit einem Lachen.

»Sehen wir uns?«

»Bestimmt werden wir uns mal über den Weg laufen, so groß ist das Gelände ja auch nicht, dass das unmöglich wäre«, antwortete sie in einem gespielt heiteren Tonfall.

»Ich meine, treffen wir uns mal?«

»Bestimmt nicht!«

»Du hast Angst.«

»Wovor sollte ich denn Angst haben?«

Sie bemühte sich redlich, locker zu klingen.

»Das weißt du genau.«

Darauf schwieg sie. Natürlich wusste sie, was er meinte. Und auch, dass er sie besser kannte, als es ihr lieb war. Er hatte sie vollkommen durchschaut.

»Du hast Angst, weil es uns beide um den Verstand bringt, wenn wir uns auch nur berühren, nicht wahr?«

»Nein, das stimmt nicht!«

Dieser Mistkerl! Er hat es also doch bemerkt neulich ..., schoss es durch Samanthas Gedanken.

»Du hast Angst, weil wir zu Ende bringen könnten, was wir in der Nacht im Park unterbrechen mussten, und ...«

»Hör auf!«, befahl sie harsch.

Die Art, mit der er ihr zusetzte, entfachte nur noch mehr ihr Verlangen nach ihm und es ärgerte sie, dass er noch immer solch eine Wirkung auf sie hatte. Und in gleichem Maße ärgerte sie sich über sich selbst, dass sie so funktionierte.

»... und dass es dir gefallen würde. Oder stimmt es etwa nicht?«, fragte er mit einem verführerischen Unterton

Sie sagte nichts dazu. Ihr ganzer Körper pulsierte kräftig im Rhythmus ihres Herzschlags und sie fühlte, dass ihre Lust nach ihm schon wieder bedenklich anstieg.

»Ich weiß doch, dass ich recht habe«, sagte er mit einer Stimme, die ihr wohlige Schauder bescherte.

Ja, du hast recht!, schrie sie ihm lautlos entgegen. Aber das werde ich dir bestimmt nicht auf die Nase binden!

Er blieb beharrlich.

»Und? Wann treffen wir uns?«

»Ich werde mich bestimmt nicht mit dir verabreden.«

»Falls du es dir anders überlegst ...«

»Timothy, nein, das werde ich nicht!«

»... dann weißt du ja, wo du mich findest.«

»Nein, wir können uns nicht ...«

»Angenehme Träume, meine Liebste«, hörte sie ihn noch sagen, dann ertönte bereits ein Klicken in der Leitung. Er hatte aufgelegt.

Samantha ließ das Telefon fallen. Sie war vollkommen aufgelöst.

»Meine Liebste!«, höhnte sie und setzte sich voller Entrüstung aufrecht hin.

»Was bildet der sich nur ein?«, fragte sie sich laut.

Doch auch ein kräftiger Schluck aus dem Weinglas

änderte nichts daran: Sie spürte Timothys Berührungen am ganzen Körper und sehnte sich nach mehr. Es war geradezu quälend. Genau wie damals.

15

Ein abgebrochener Ast von gewaltiger Größe hatte in der Nacht ein paar Glasscheiben der Orangerie zersplittert, und man erwartete für den Vormittag die Handwerker. Das Frühstück wurde deshalb nicht wie üblich dort serviert, sondern in der Küche, im Souterrain des Hauses.

Mit Colin auf dem Arm betrat Samantha den gemütlichen Raum, der an einem stürmischen Tag wie diesem sogar noch behaglicher erschien als sonst. Sie begrüßte Rose mit einem freundlichen Lächeln.

»Haben Sie von Ihrem Zimmer aus den Krach mitbekommen, als der Ast eingeschlagen ist, Rose? Das muss ja ein gewaltiger Schlag gewesen sein.«

»Nein, nein, ich schlafe immer wie ein Murmeltier, auch beim stärksten Unwetter. Aber gleich heute Morgen, als Henderson mich verständigt hat, bin ich sofort mit ihm in die Orangerie gelaufen. Dieser Ast ist ja fast so groß wie ein halber Baum! Ein mächtiger Bursche! Wir haben dann erst einmal provisorisch die ganzen Löcher dicht gemacht. Und ich habe dann Clara zum Aufwischen hingeschickt, es hatte ja auch schon tüchtig hereingeregnet.«

»Oje! Vielen Dank, Rose! Ich werde es mir gleich nach dem Frühstück, sobald Colin etwas gegessen hat, anschauen. Der junge Mann quengelt schon die ganze Zeit vor Hunger.«

Rose strahlte den Kleinen an und sagte zu ihm: »Ja, so was! Da muss sich die Rose ja noch mehr beeilen, wenn der süße Master Colin schon so großen Hunger hat!«

Sie kniff ihn leicht in die zarte Wange, was ihn für einen Moment lang seine Not vergessen ließ. Dann lächelte er mit einem Augenaufschlag charmant zurück wie ein verwegener Herzensbrecher, und die Köchin war nun noch mehr entzückt von ihm.

»Und dein Breichen ist auch schon fertig, mein Kleiner, schau nur!«

Mit ihren abgearbeiteten Händen nahm sie eine Schöpfkelle und gab etwas Haferbrei in einen antiken Kinderteller. Der war über und über mit allerlei Spielzeugmotiven verziert. An der einen Seite des altgedienten Geschirrs gab es eine verschließbare kleine Öffnung, durch die sie zuvor heißes Wasser zum Warmhalten eingefüllt hatte.

In einem Tonfall, als hätte sie auch für Colin gesprochen, sagte Samantha: »Vielen Dank, liebe Rose!«

Dann nahm sie ihr den Teller ab und wandte sich um zum Esstisch, wo Roberta bereits saß und ein wenig verloren in ihrer Teetasse rührte.

»Oh, guten Morgen, liebste Roberta! Dich habe ich ja noch gar nicht bemerkt!«

Sie bugsierte Colin in seinen Hochstuhl und platzierte den Teller in sicherer Entfernung. Dann gab sie ihrer Freundin einen Kuss auf die Wange und setzte sich zwischen die beiden.

»Guten Morgen, ihr zwei«, kam es ein wenig bedrückt zurück.

»Na, alles gut bei dir? Ich habe Henderson gerade in der Halle getroffen, er wartet auf die Handwerker, der Wagen der Glaserei ist wohl schon vorgefahren.«

Unterdessen begann Colin zu krakeelen und hörte erst damit auf, als seine Mutter ihm den ersten Löffel Brei in den Mund geschoben hatte.

»Ja, das ist wirklich sehr schade um die kostbaren alten Scheiben. Ein furchtbares Wetter haben wir zurzeit!«

Roberta seufzte und rührte weiter abwesend in ihrer Tasse.

»Was ist denn mit dir los? Hattest du gestern im Theater keinen schönen Abend?«

»Doch, doch, das war ein nettes Stück.«

»Ja, habt ihr euch etwa nicht gut vertragen, dein Richard und du?« Samantha war überrascht und fütterte deshalb ihren Sohn schon wieder nicht schnell genug.

»Doch, doch …«

»Also ich kann mich ja täuschen, aber wie eine glückliche Braut, die kurz vor einer großen Reise steht, wirkst du gerade nicht auf mich«, sagte sie in einem heiteren Tonfall und sah die alte Dame verstohlen von der Seite an.

»Genau das ist der Punkt«, begann sie schließlich. »Ich fühle mich furchtbar schlecht dabei, ausgerechnet jetzt zu verreisen. Und auch noch für so lange Zeit! Wo ich dir doch versprochen habe, mich in diesen ersten Wochen um die Kinder zu kümmern … seit gestern ist die Ausstellung eröffnet und ich kann mir nicht vorstellen, dass der Andrang weniger wird, so begeistert, wie die Leute alle davon waren.«

»Jetzt mach dir doch bitte keine Sorgen deswegen! Das kriegen wir schon hin! Mrs Boyle springt gerne für dich ein und zur Not stellen wir eben noch jemanden ein, wenn ich mal nicht abkömmlich bin, um die Besucher zu begrüßen. Das habe ich ohnehin vor. Auch wenn die Führung nur einmal am Tag ist.«

Doch Roberta starrte nur weiterhin in die Tiefen ihrer Teetasse, als würden sich ihr darin Geheimnisse offenbaren, und seufzte schon wieder.

»Du hast doch noch etwas auf dem Herzen, also raus mit der Sprache!« Samantha schob Colin einen weiteren Löffel mit Brei in den Mund und verhinderte im letzten Moment, dass er mit seinen kleinen Händen in sein Frühstück patschte.

Roberta räusperte sich und sprach noch etwas leiser,

damit die Köchin es nicht mitbekommen konnte: »Ich merke doch ganz genau, dass es zwischen dir und Michael seit gestern noch schlimmer geworden ist, auch wenn du mich nicht einweihst – ich spüre das doch schon die ganze Zeit. Und was auch immer es ist, ich kann dich doch jetzt in dieser Situation nicht alleinlassen. Da ist es doch nicht einfach mit besserer Organisation getan ... du brauchst einen Menschen, mit dem du darüber reden kannst und jemanden, der auf die Kinder eingeht und sie ein wenig ablenkt.«

»Ach, liebe Roberta ...«

Sie schloss ihre Freundin in die Arme und ließ in dem Moment zu, dass Colin den Löffel ergriff und nun eifrig versuchte, sich damit selbst etwas Brei in den Mund zu schaufeln.

»Weißt du was? Ich füttere ihn jetzt schnell fertig und dann machen wir zusammen einen Spaziergang, was hältst du davon?« Sie wandte sich nun wieder dem Kleinen zu. »Dann können wir auch in normaler Lautstärke reden«, ergänzte sie noch im Flüsterton.

Colin weinte wütend, weil er seine Trophäe hergeben sollte. Samantha versuchte deshalb, ihn mit einem Fingerspiel abzulenken, damit er zu Ende aß, und sang dazu ein kleines Lied. Gleich darauf sperrte er seinen Mund wieder vergnügt auf und ließ sich füttern wie eine junge Drossel.

Roberta besorgte indes einen feuchten Waschlappen und rieb dem Kleinen danach die verschmierten Händchen sauber. Dann machten sie sich gemeinsam auf den Weg in den Park.

Nach den ersten Schritten an der frischen Luft sagte Samantha: »Ja, du hast natürlich recht mit all dem, was du vorhin gesagt hast, wie fast immer. Ich wäre glücklich, wenn ich wüsste, wie das alles weitergeht.«

»Das verstehe ich.« Roberta seufzte schon wieder.

»Hast du etwa noch etwas auf dem Herzen?«

»Weißt du … es betrübt mich einfach, dass ich das Gefühl nicht loswerde, dass du mir nicht mehr vertraust, nur weil ich in der Vergangenheit einmal für Michael Partei ergriffen habe.«

»Ach, Roberta, weißt du, das hat nicht wirklich etwas mit Vertrauen zu tun. Ich schütze mich nur selbst vor Erlebnissen, die mir wehtun könnten, denn gerade bin ich sehr dünnhäutig. Und für mich hat es sich überhaupt nicht so angefühlt, als wärst du nur ein einziges Mal für ihn gewesen. Ich habe eher den Eindruck, du bist ganz automatisch immer auf seiner Seite – egal, was er tut oder sagt – und das tut mir weh.«

Roberta dachte einen Moment lang über Samanthas letzte Worte nach, ehe sie antwortete: »Also, wenn das wirklich dein Eindruck ist, dann tut es mir von Herzen leid. Das habe ich wirklich nie gewollt, Liebes, dir wehzutun, meine ich. Vielleicht habe ich Michael nur eine Stimme verleihen wollen, wenn wir über ihn geredet haben und er nicht da war, um seinen Standpunkt zu verteidigen.«

»Ja … wahrscheinlich ist es so gewesen. Und ich bin seit der Schwangerschaft auch immer noch überempfindlich, das weiß ich ja selbst.«

Sie tätschelte Robertas Unterarm. »Im Moment bräuchte ich wohl eher einen Menschen, der keinem von uns beiden besonders nahesteht. So eine Art Richter, der von oben auf unsere Situation herabsieht und mir dann sagt, was richtig und was falsch ist. Ich bin nämlich mit meinem Latein am Ende und könnte einen guten Rat aus objektiver Sicht gebrauchen.«

Sie seufzte nun ebenfalls tief.

»Weißt du, Michael und ich haben in letzter Zeit viel gestritten … eigentlich nur noch, wenn ich ehrlich bin … Immer dann, wenn es um seine Arbeit geht, ist es wirklich furchtbar zwischen uns. Wir sind dann nur noch wie Zunder und Funke.«

»Oje, so schlimm?«

»Ja«, antwortete Samantha knapp und klappte das Dach des Sportkinderwagens zur Verdunkelung über Colins Gesicht, weil er gegen den Schlaf ankämpfte.

»Das habe ich gar nicht mitbekommen. Gespürt habe ich zwar etwas, aber Michael ist ja auch zu selten hier, um wahrhaftig etwas mitzubekommen ...«

»Und genau das ist der Punkt, Roberta! Jetzt hast sogar du es schon zweimal erwähnt – innerhalb weniger Sekunden: Michael ist kaum noch hier bei mir – bei uns, bei seiner Familie! Weil Cardington Manor für ihn keine Herausforderung mehr darstellt, wie er selbst sagt.«

»Na, da ist ja wirklich guter Rat teuer!«

»Du kannst aber deswegen nicht eure Reise absagen! Das wäre sehr unfair – dir und Henderson gegenüber! Da muss ich jetzt ganz alleine durch, schließlich ist es meine Ehe.«

»Aber wie soll denn das jetzt weitergehen mit euch?«

»Genau das ist es ja, was ich nicht weiß, liebste Roberta. Jedenfalls tut es mir auch irgendwie gut, die Dinge hier einmal selbst in die Hand zu nehmen, obwohl es mich andererseits rasend macht, dass mein lieber Mann sich nicht an unsere Vereinbarungen hält. Ich fühle mich so von ihm im Stich gelassen, ich kann dir gar nicht sagen, wie sehr! Außerdem macht es mich traurig, dass es ihm offenbar nichts ausmacht, dass er die Kinder so selten sieht ...«

»Ja, das ist für mich allerdings auch unverständlich. Das hört sich an sich auch gar nicht nach Michael an, findest du nicht auch? Also, nach Michael, wie ich ihn kennengelernt habe, meine ich.«

»Eigentlich nicht, da hast du recht. Aber das sind dann die Momente, in denen ich mich frage, ob damals vielleicht doch alles zu schnell ging mit uns, verstehst du? Ich habe dann immer das Gefühl, dass ich meinen Mann überhaupt nicht kenne, so fremd ist mir sein derzeitiges Verhalten.«

Roberta seufzte und schüttelte den Kopf.

Nach einer Weile fragte sie: »Samantha, gibt es denn irgendetwas, das ich für dich tun kann? Ich würde dir doch so gerne helfen und dich in dieser schwierigen Situation unterstützen.«

Samantha blieb stehen und umarmte sie.

»Ich fürchte, nein. Aber danke, dass du gefragt hast! Diesen Weg muss ich wohl alleine gehen. Aber wer weiß, vielleicht können Michael und ich ja die Zeit für eine richtige Aussprache nutzen, während ihr auf Reisen seid.«

»Ich wünsche es dir, meine Liebe. Ich wünsche es uns allen.«

»Mein Gott, so spät schon!«, rief Samantha nach einem Blick auf ihre Armbanduhr.

»Heute Vormittag kommen doch ein paar Bewerber für die Stelle von Henderson und ich wollte davor unbedingt noch etwas mit ihm besprechen ... Wenn ich auch nur daran denke, dass er bald nicht mehr der gute Geist des Hauses sein wird, kommen mir jedes Mal die Tränen.«

Sie sah Roberta aus glasigen Augen an und fing dann plötzlich an zu lachen.

»Das Beste wird sein, ich begleite euch auch auf eurer Reise, damit ich auch nicht zugegen bin an seinem letzten Tag als Butler von Cardington Manor.«

16

Etwa zehn Tage später stand die große Reise unmittelbar bevor. Samantha brachte Roberta, Frank und Henderson am frühen Morgen nach Brighton zum Flughafen. Mildred Boyle passte unterdessen auf Colin auf.

Im Wagen redeten sämtliche Insassen aufgeregt durcheinander und Samantha gab Frank noch ein paar letzte Ermahnungen mit auf den Weg.

»Und dass du mir ja immer den Brustbeutel mit deinem Namen und deiner Adresse um den Hals behältst, ja?«

»Ja, Mum.«

»Da ist auch ein Geldschein drin. Falls du irgendwo verloren gehst, kannst du damit immer mit einem Taxi zu einer Polizeidienststelle fahren. Ach, und Roberta, ihr denkt dran, den Schein immer in die richtige Währung zu tauschen, ja?«

»Natürlich, meine Liebe, mach dir bitte keine Sorgen«, sagte Roberta.

Und Henderson ergänzte noch: »Wir werden Master Frank hüten wie unser Augenlicht. Sie haben mein Ehrenwort, Mrs Tomlinson.«

Den Abschied in der Abflughalle hielt Samantha absichtlich kurz, weil sie schon während der Autofahrt mit den Tränen gekämpft hatte. Sie wollte auf keinen Fall, dass Frank dachte, dass seine Mutter seinetwegen traurig war oder sich von ihm alleingelassen fühlte. Er sollte sein erstes großes Abenteuer voller Vorfreude genießen dürfen.

Durch einen Tränenschleier sah sie den dreien hinterher, wie sie durch die Absperrung zu ihrem Gate aufbrachen. Frank drehte sich noch einmal nach ihr um, und sie hatte das Gefühl, dass auch er ein bisschen weinte. Sofort bemühte sie sich um ein Lächeln, was ihr auch halbwegs gelang, und winkte ihm frenetisch zu.

Dann waren sie aus ihrem Blickfeld verschwunden, sodass Samantha sich mit einem Mal einsam fühlte. Es hätte ihr in diesem Moment gutgetan, wenn Michael an ihrer Seite gewesen wäre.

Er hatte sich jedoch am Vorabend bereits vorsorglich telefonisch von Frank verabschiedet. Falls es ihm gelänge, rechtzeitig in Heathrow zu sein, wenn die Maschine aus Brighton landete, würde er den Jungen dort noch einmal vor dessen erster Reise in den Arm nehmen.

Michael erwachte bereits, bevor der Wecker klingelte. Ein anstrengender Tag lag vor ihm. Gleich der erste Termin am Vormittag war eine Konferenz in der Redaktion. Und falls er Glück hatte und rechtzeitig fertig sein würde, hätte er danach noch Gelegenheit, zum Flughafen zu fahren.

Um Zeit zu sparen, verzichtete er darauf, zu Hause Kaffee zu trinken. Im Redaktionsgebäude floss das Gebräu schließlich nonstop und in Strömen.

In der Nähe des Piccadilly Circus fuhr er hinunter in die Tiefgarage der Zeitungsverlags-Gruppe, die auch *The Beauty of Nature* herausbrachte. Er stellte den Wagen ab und ging zum Ausgang, der in den *Edition-Tower* – dem Sitz des Verlages – führte.

Sein Blick fiel sofort auf eine dicke schwarze Limousine, die auf einem der VIP-Parkplätze stand. Im Fond war ein Fenster geöffnet, aus dem neben Zigarettenrauch auch der Klang einer melodiösen weiblichen Stimme entwich. Die Frau war gerade dabei, ein Telefonat zu beenden.

Im selben Moment wusste Michael, wessen Stimme das war. Er änderte seine Schrittrichtung und ging auf den Wagen zu.

Dort angekommen beugte er sich ein wenig hinunter und sprach ins Wageninnere hinein: »Hallo, Hazel, wie gehts Dir?«

»Ach, du bist es, Michael … danke dir … ich habe schon bessere Zeiten erlebt, wie du dir wahrscheinlich vorstellen kannst.«

Ein unwirklich schönes Gesicht, umrahmt von dunkelroten Locken, erschien am Fenster und bot im fahlen Licht der tristen Garage einen geradezu grotesken Kontrast.

»Und du? Gehst du auch zu dieser Besprechung?«, fragte sie. »Dann bist du aber schon ganz schön spät dran.«

»Ja, ich weiß … und was tust du hier? Begleitest du deinen Vater?«

»Ja. Er ist schon seit fast einer Dreiviertelstunde oben!« Sie sah hektisch auf ihre mit Brillanten besetzte Armbanduhr. »Dabei wollte er es doch kurz machen und mich danach bei meinem Friseur absetzen … Immer das Gleiche!« Sie schüttelte ungehalten den bildhübschen Kopf und zündete sich eine neue Zigarette an.

»Ich wusste gar nicht, dass du rauchst … Schon lange?«

»Tja … ich wusste auch so manches nicht – so ist das eben im Leben!«

Mit einem verbitterten Zug um den Mund stieß sie kraftvoll – ja, fast aggressiv – den Rauch aus.

Für den Bruchteil einer Sekunde drängte sich Michael das Bild eines feuerspeienden Drachen vor sein inneres Auge und dieser Eindruck erheiterte ihn trotz seiner angeschlagenen Verfassung.

Um es sich nicht anmerken zu lassen, wechselte er schnell das Thema: »Das tut mir übrigens sehr leid für dich, diese Sache mit deinem Verlobten. Ich hatte dir wirklich gewünscht, dass er der Richtige für dich ist und du mit ihm glücklich wirst ...«

Hazel McGregor lachte laut auf.

»*Dir* tut es sehr leid für *mich*?«

Sie sah ihm nun direkt ins Gesicht. »Soll das jetzt ein Witz sein? Und was ist mit dir?«

»Mit mir? Was soll mit mir sein?«, fragte Michael irritiert zurück und überlegte, ob sie womöglich erfahren haben konnte, dass es zwischen seiner Frau und ihm gerade nicht zum Besten stand, verwarf diese Möglichkeit aber sofort wieder.

»Ja ... Tut es dir nicht auch ein wenig leid für *dich*?«, fragte sie aufgesetzt freundlich.

»Für mich? Warum denn für mich?«

Michael schüttelte den Kopf und starrte sie nun an, als würde er an ihrem Verstand zweifeln.

Hazel setzte ihr reizendstes Lächeln auf und sprach nun mit zuckersüßem Schmelz in der Stimme weiter – so, als hätte sie einen Schwachsinnigen vor sich.

»Na, vielleicht ja, weil deine allerliebste und anbetungswürdige Samantha der Grund für unsere Trennung war. Macht dich das etwa gar nicht traurig, Michael? Oder vielleicht sogar wütend?«

»Samantha? Samantha soll der Grund für eure Trennung gewesen sein? Du spinnst doch, Hazel!«

Michael wich einen Schritt vom Wagen zurück und lachte nun lauthals. »Oder hast du heute schon etwas getrunken? Hauch mich doch mal an!«

»Nein, ich spinne nicht – ganz und gar nicht! Und: Nein, ich habe heute auch noch nichts getrunken. Leider. Aber ich könnte jetzt einen Drink vertragen. Falls du mir Gesellschaft leisten willst ...«

»Hazel, kann es sein, dass du inzwischen schon eine Art von Verfolgungswahn hast, was Samantha betrifft? So, als würde sie dir immer die Männer wegnehmen?«

Er griff sich an den Kopf. »Was für ein ausgemachter

Schwachsinn! Sie kennt deinen Timothy doch erst, seit du ihn ihr als deinen Verlobten vorgestellt hast!«
»Schwachsinn nennst du das? Soso …«
Sie verzog ihr makelloses Puppengesicht zu einem maliziösen, eiskalten Lächeln.
»Du meinst also, sie kannten sich vorher gar nicht …«
Sie lachte scheinbar amüsiert auf, dann fuhr sie mit schneidender Stimme fort: »Doch, mein lieber Michael, sie kannten sich sehr wohl. Sie haben sich beim vierzigsten Geburtstag von ihrem ach so hochwohlgeborenen Charles kennengelernt. Ich weiß das deshalb so genau, weil ich zufällig dabei war! Soweit ich mich erinnern kann, waren sowohl die Ehefrau des Gastgebers als auch Timothy irgendwann an diesem Abend plötzlich verschwunden. Und sie sind danach auch nicht wieder aufgetaucht! Komisch, nicht wahr? Ich habe zwar keine Ahnung, ob überhaupt und was die beiden in dieser Nacht miteinander getrieben haben – ich weiß nur, dass mein Ex ein völlig veränderter Mensch ist, seit ich im Frühjahr mit ihm auf Cardington Manor gewesen bin und ihn deiner Samantha als meinen Verlobten vorgestellt habe! Zufall? Sag du es mir.«
»Natürlich ist das ein Zufall! Was sollte es sonst sein?«
Er schnaubte und schüttelte abfällig den Kopf.
»Du träumst doch, Hazel!«
»Und du schläfst offenbar, mein lieber Michael! Tief und fest!«
Sie drückte den abgerauchten Stummel in den bereits halb vollen Aschenbecher an der Mittelkonsole des Fonds.
»Wach auf! Wach endlich auf, Michael! Timothy, dieser Mistkerl, und deine heilige Samantha haben uns beide verarscht! Dich *und* mich!«
»Also diesen Quatsch höre ich mir jetzt nicht länger an!«

Michael ließ Hazel in ihrem Wagen sitzen und ging ausschweifenden Schrittes zu den Fahrstühlen.

»Du gehörst echt in die Klapsmühle, Hazel! Ich habe mir das schon öfter gedacht. Einsperren sollte man dich!«, rief er ihr noch zu, bevor sich die Lifttüren lautlos hinter ihm schlossen.

17

Die Besprechung in der Redaktion hatte bei Weitem länger gedauert, als er es zunächst erwartet hatte. Michael fuhr mit dem Fahrstuhl hinunter zur Tiefgarage und war erleichtert, dass die Limousine von Ian McGregor nicht mehr dort stand. Noch einmal schüttelte er schnaubend den Kopf über den hanebüchenen Unsinn, den Hazel von sich gegeben hatte.

Er setzte sich in seinen Wagen und fuhr los. Wenn er richtig gerechnet hatte, blieben ihm noch etwas mehr als fünfundvierzig Minuten, bis Frank mit Roberta und Henderson zu ihrem Weiterflug nach Paris einchecken würden. Zu glauben, dass er das noch schaffen könnte, war geradezu aberwitzig. Selbst wenn er sämtliche Verkehrsregeln brechen würde. Trotzdem – oder erst recht deswegen – fuhr er in Richtung Heathrow.

Er hätte Frank doch so gerne noch einmal gesehen vor seinem großen Abenteuer. Gerade jetzt, wo niemand wusste, wie es mit ihm und Samantha weitergehen würde.

Als ein Stau bei Richmond sein überhöhtes Tempo drosselte, musste er sein Vorhaben endgültig aufgeben und er entspannte sich. In diesem Augenblick war er froh darüber, dass er Frank sein Kommen nicht fest versprochen hatte.

Vielleicht ist es sogar ein glücklicher Umstand, dass er jetzt gerade verreist, bis Sammy und ich das geklärt haben, dachte er.

Er überlegte, ob sie sich möglicherweise beide übernommen hatten, als sie gleich nach Colins Geburt noch Frank dazu adoptiert hatten. Doch diesen Gedanken verwarf er sogleich wieder. Sie hatten doch keine andere Wahl gehabt. Der Junge hatte seine eigene Familie gebraucht, und zwar genau zu diesem Moment.

Michael steckte fest, das war eine Tatsache: in diesem Moment auf der Straße und ebenso auch in seinem Leben. Es war für beides keine Ausfahrt in Sicht, das wurde ihm in diesem Augenblick klar.

Um an seiner Situation nicht zu verzweifeln, zwang er sich zur Konzentration und hielt Ausschau nach Hinweisschildern, an denen er sich orientieren konnte. An der übernächsten Möglichkeit würde er abfahren können, um nach Harrow zu gelangen, stellte er fest und reihte sich in die Abbiegespur ein.

Er hatte sich gerade mit der Aussicht angefreundet, direkt nach Hause in seine Wohnung zu fahren, da läutete sein Mobiltelefon. Die Rufnummer war unterdrückt, offenbar war es niemand, den er kannte. Das war für ihn nichts Außergewöhnliches, da ihn ständig fremde Menschen anriefen, um ihn für die Gestaltung ihrer Anlagen zu gewinnen.

Er drückte auf die Taste an seinem Lenkrad und meldete sich über die Freisprechanlage.

»Hallo, Michael Tomlinson am Apparat.«

»Ich weiß! Michael, bevor du gleich wieder auflegst, hör dir an, was ich dir zu sagen habe!«

Es war Hazel McGregor. Michael verdrehte die Augen. Aber er hatte sich bereits zu sehr entspannt, um sich noch einmal über sie aufzuregen.

»Also ... was gibt es denn so Wichtiges?«, sagte er gelangweilt, denn es interessierte ihn nicht die Bohne, was diese überspannte Frau ihm schon wieder mitzuteilen hatte.

»Eigentlich hast du es gar nicht verdient, dass ich dir das jetzt erzähle – so wie du mich vorhin beschimpft hast! Aber egal – wir sitzen ja sozusagen im selben Boot ...«

»Jetzt schieß schon los, Hazel, und mach es nicht so spannend!«

»Na gut. Also … eine Reporterin die über die Rosenschau auf Cardington Manor berichtet hat, hat mir gerade ein Foto geschickt – ich kenne sie noch von einem Interview letzten Herbst, und das war so lustig, denn sie hat mich damals …«

»Ja doch!«, unterbrach er sie unwirsch. »Und weiter?« Wie sie ihm bereits jetzt auf die Nerven ging!

»Das Foto zeigt meinen Ex-Verlobten, Timothy Browning, unweit der Bühne, wo deiner unbefleckten Samantha gerade eine Rose gewidmet wird«, erzählte sie mit einer Stimme, als würde sie das Gesagte auch noch genießen. »Er trägt sein Haar zwar jetzt schauderhaft kurz, aber ich würde ihn überall erkennen. Und falls du es nun immer noch nicht verstanden haben solltest, dann jetzt in der Kurzfassung: Mein Ex Timothy ist gerade bei deiner Samantha auf Cardington Manor!«

Michael stutzte einen Augenblick, dann sagte er: »Du spinnst doch, Hazel! Das ist kompletter Unsinn! Ja, sein Vater leitet neuerdings das Gestüt auf Cardington Manor, das ist mir bekannt. Aber es ist sein Vater – nicht er!«

»Dann … wünsche ich dir angenehmes Weiterträumen, mein Schatz! Du willst es offenbar nicht wahrhaben. Wenn du mich brauchst, dann weißt du ja, wie und wo du mich erreichen kannst«, sagte sie und mit einem Klickgeräusch war das Gespräch auch schon beendet.

»Diese blöde Gans …«, entfuhr es Michael und er schnaubte zornig.

18

Es war ein schöner, milder Abend und zur Abwechslung stürmte es einmal nicht. Das Haupthaus wirkte wie ausgestorben. Samantha konnte sich nicht erinnern, dass sie Cardington Manor je so leer erlebt hatte. Und das, obwohl das Haus neue Bewohner zu verzeichnen hatte. Im Souterrain neben der Wohnung von Rose hatte nämlich nun auch Frances ein Zimmer bezogen für die Zeit, in der Henderson auf Reisen war. Und Mrs Boyle wohnte nach wie vor unten im Apartment, was sich als sehr praktisch erwiesen hatte, da sie Roberta vertrat – im Waisenhaus und bei Colin.

Der wiederum schlief bereits am Ende der Zimmerflucht; sie hatte ihn gerade zum Schlafen hingelegt.

Samantha fühlte sich einsam. Die Aussicht, dass dieses Gefühl nun die nächsten vier Wochen anhalten würde, verursachte ihr eine leichte Panik. Tagsüber wäre es bestimmt leichter zu überstehen, aber abends …

Am Abend pflegten doch meistens trübe Gedanken in ihrem Kopf umherzuspuken und sie auch nachts noch am Schlafen zu hindern. Wie sollte sie das nur aushalten? Und ausgerechnet jetzt war auch Michael nicht hier!

Sie ging nach nebenan ins Badezimmer und wusch sich die Hände. Als sie wieder zurückkam, kontrollierte sie als Erstes ihr Handy, als könnte sie in der kurzen Zeit einen Anruf verpasst haben.

Wer sollte mich schon angerufen haben? Sie lachte über sich selbst.

Michael vermutete sie bereits auf dem Weg nach Schottland. Sie wusste nicht einmal, ob er und Frank sich noch auf dem Flughafen begegnet waren. Michael meldete sich zurzeit ohnehin kaum bei ihr, weil sie immer sofort

in Streit gerieten.
Und Timothy? Der hatte es nach ihrem Telefonat noch ein paarmal bei ihr versucht, aber sie hatte ihn jedes Mal weggedrückt. Bestimmt hatte er es inzwischen aufgegeben.
Doch gerade jetzt, in diesem Augenblick, hätte sie viel dafür gegeben, wenn er etwas hartnäckiger geblieben wäre. Sie sehnte sich geradezu danach, wieder mit ihm zu sprechen, ja, seine Stimme zu hören.
Kaum zu glauben!
Das hätte sie sich nie träumen lassen. Es hatte ihr an diesem späten Abend im Nachhinein sogar richtig gut gefallen, ihn ein wenig näher kennengelernt zu haben. So wie er wirklich war und nicht, wie die Presse ihn immer dargestellt hatte. Auch wenn er am Ende des Gespräches wieder in seine gewohnte Rolle des Verführers gewechselt hatte. Aber das gehörte wahrscheinlich ebenso zu ihm, wie es auch zu ihnen beiden gehörte. Diese sexuelle Spannung zwischen ihnen war einfach da und es machte keinen Sinn, sie zu leugnen.
Und es machte ebenfalls keinen Sinn, darüber zu grübeln. Ihr Geheimrezept in solchen Situationen war frische Luft, und dieser Abend war wie geschaffen dafür.
Sie atmete tief durch und befestigte das Babyfon an ihrer Jeans. Auf Zehenspitzen vergewisserte sie sich noch einmal vor der Kinderzimmertür, dass der Kleine auch wirklich schlief. Dann huschte sie lautlos aus dem *Nest,* den Korridor entlang zur Freitreppe und mit flinken Schritten hinunter in die Halle.
In dem Moment, als sie die schwere Eingangstür öffnete und die milde Abendluft sie empfing, wusste sie bereits, dass sie die richtige Entscheidung getroffen hatte.
Was für eine Wohltat!
Ihre trüben Gedanken waren augenblicklich wie weggeblasen. Mit einem Lächeln auf den Lippen marschierte

sie drauflos in den herrlichen Park hinaus und sog den frischen Sauerstoff in ihre Lungen. Spaziergänge wie dieser waren in den letzten Wochen wegen der vielen heftigen Stürme gar nicht möglich gewesen und gerade merkte sie, wie sehr ihr das gefehlt hatte.

Urplötzlich überkam sie die Idee, zur Hochzeitswiese zu gehen und nachzusehen, wie die armen Rosen die Unwetter überstanden hatten. Seit der Eröffnung war sie regenbedingt nicht mehr dort gewesen. Und obwohl sie die Leitung ihren Gärtnern übertragen hatte, war die Ausstellung trotzdem noch immer ihr eigenes Projekt. Zumindest in ihrem Herzen.

Sie nahm sich jedoch vor, das Gelände heute mit den Augen einer Besucherin zu betrachten und freute sich schon darauf wie ein kleines Kind. In einiger Entfernung konnte sie bereits ihr Ziel ausmachen, und bei diesem Anblick verwandelte sich ihr Lächeln in ein Strahlen. Kaum zu glauben, dass sie bis vor Kurzem noch voller Trauer war!

Eine Stimme aus der Böschung ließ sie mit einem Aufschrei zusammenschrecken.

»Guten Abend, Samantha!«

Es war Timothy, der in einiger Entfernung neben ihr stand. Er trug ein weißes T-Shirt und hatte die Hände in den Hosentaschen seiner Jeans vergraben. Ein wenig betreten lächelte er sie an und sagte: »Bitte verzeih, wenn ich dich erschreckt haben sollte. Das war nicht meine Absicht. Ich wusste ja nicht, dass wir hier aufeinandertreffen würden.«

»Ja … ähm … hallo, Timothy«, sagte sie irritiert, als wäre es ein großes Wunder, einen Bewohner des Anwesens im Park anzutreffen. »Mit dir habe ich jetzt gar nicht gerechnet, obwohl wir inzwischen ja fast Nachbarn sind, nicht wahr?«

»Nicht nur fast«, sagte er. »Und was machst du gerade? Wolltest du auch ein wenig spazieren gehen an diesem herrlichen Abend?« Er sah kurz zum Himmel hoch, der sich in der beginnenden Dämmerung leicht violett eingefärbt hatte.

»Ja, ich war auf dem Weg zur Rosenausstellung und wollte sie mir mal aus dem Blickwinkel eines Besuchers anschauen.«

»Hättest du etwas gegen Begleitung einzuwenden? Mir ist vorhin fast die Decke auf den Kopf gefallen in dieser stickigen Schlafkammer, die ich zurzeit mein Zuhause nenne.«

Sie antwortete ihm mit einem freundlichen Lächeln, begleitet von einem Nicken.

Fast so, als wäre es das Normalste der Welt, legte Timothy einen Arm warm und schützend um ihre Schultern und führte sie einfach den Weg weiter, auf dem sie sich gerade befanden.

Samantha sah erst auf seine Hand, die ihren Oberarm festhielt, und dann in seine dunklen Augen, die ein wenig verunsichert zurückblickten. Aber sie ließ sich die vertraute Berührung gefallen, vielmehr genoss sie diese Geste; es war einfach zu angenehm, seine Wärme zu spüren. Und sie mochte es noch immer, wie er roch: eine Mischung aus Leder, Pferdestall, frisch gewaschener Wäsche und seinem Aftershave.

»Sieh mal, da drüben!« Er blieb abrupt stehen und deutete mit seiner freien Hand auf den alten Pavillon, der zwischen den Büschen und Bäumen aufgetaucht war wie ein verwunschener Palast vergangener Zeiten.

Nun sah auch Samantha in die Richtung.

»Den musst du mir nicht zeigen, ich kenne mich hier aus«, sagte sie lachend, um ihre Verlegenheit zu überspielen.

»Bist du seitdem dort gewesen?«

»Nein … kein einziges Mal.«

»Was hältst du davon, wenn wir zusammen hingehen? Jetzt, meine ich.«

»Die Frage kannst du nicht ernst gemeint haben!« Sie lachte auf.

»Es war den Versuch wert.« Er grinste und hielt seinen Arm weiterhin um sie gelegt.

So spazierten sie gemeinsam weiter, den ganzen Weg zur Hochzeitswiese entlang, schweigend und gelegentlich lächelnd, ein wenig verlegen wie Teenager bei ihrem ersten Rendezvous.

Kurz bevor sie den mächtigen Rosenbogen durchschritten, den offiziellen Eingang des Gartens, fragte Samantha unvermittelt: »Ich habe dich in den letzten Tagen ein paarmal weggedrückt, warum hast du mich angerufen? Was wolltest du denn noch?«

»Ach ... ich wollte mich nur bei dir entschuldigen ... also, eigentlich wollte ich dich um Entschuldigung bitten – man kann sich ja nicht selbst entschuldigen!«

Er lachte kurz sein charmantes Lachen, das sie inzwischen schon so oft gehört hatte. »Dafür, dass ich dir schon wieder so zugesetzt habe, aber ...« Er brach den Satz ab.

»Aber?«

»Das weißt du genau.«

Damit hatte er recht. Sie wusste es genau.

»Ja«, sagte sie. »Aber ich würde es gerne von dir hören ... aus deinem Mund ... und dann auch wieder nicht ... Schließlich bin ich verheiratet!« Sie schlug die Hände vors Gesicht und murmelte etwas Undeutliches.

»Muss ich das jetzt verstehen?« Er lachte und schüttelte den Kopf.

Dann sah sie ihn ernst an. »Nein, das wäre zu viel verlangt. Ich verstehe es ja selbst nicht.«

Sie dachte einen Moment lang nach, bevor sie weitersprach: »Timothy, ich will dich nicht wollen, verstehst du das wenigstens?«

Ihre Augen begegneten sich. Samantha registrierte, wie ihn ihr letzter Satz freute, vielmehr bestätigte. Sein Lächeln, mit dem er ihr antwortete, war unwiderstehlich, geradezu siegessicher.

»Natürlich verstehe ich das, Samantha. Mir geht es doch nicht anders.«

»Was meinst du? Werden wir es schaffen, uns zu widerstehen?«

»Na ja, wenn du bedenkst, wie lange ich nun schon meinen Arm um dich gelegt halte, und noch immer haben wir uns nicht gegenseitig die Kleider vom Leib gerissen. Also, wenn das kein gutes Zeichen ist ...«, feixte er.

Sie fing den Ball auf und erwiderte belustigt: »Du meinst also, wir sind auf bestem Wege, dicke Freunde zu werden, ja?«

Er legte den Kopf in den Nacken und lachte darüber herzlich, bevor er antwortete: »Genau. Und dann friert auch die Hölle ein.«

Sie sah ihn dabei an, diesen unverschämt gut aussehenden Kerl. Ihre Augen blieben für einen Moment an seinen strahlend weißen Zähnen hängen, die beim Sprechen immer wieder hinter äußerst attraktiven Lippen verschwanden. Sein Mund sah sensibel aus und war gleichzeitig so männlich. Und er hatte sie damit schon so oft geküsst. Schier unzählige Male.

Timothy bemerkte Samanthas Blicke und konnte ihrem Ausdruck unschwer entnehmen, woran sie gerade dachte. Mit dem Daumen strich er über ihre Unterlippe und sie erschrak über das Maß der Erregung, das er bereits mit dieser winzigen Geste in ihr erzeugte.

»Was hältst du von einem Kuss unter Freunden?«

Seine Stimme klang zärtlich. »Und wir werden uns auch danach nicht die Kleider vom Leib reißen, versprochen.« Er lachte wegen seiner letzten Bemerkung, streichelte ihre Wange, ihr Haar, und sie schloss kurz die Au-

gen, während sie seine Berührungen genoss.
»Glaubst du wirklich, dass das eine gute Idee ist?«, fragte sie ihn wie außer Atem.
»Eine sehr gute, finde ich …«
Timothys Arm, der nach wie vor schützend um ihre Schultern lag, zog sie nun noch näher an ihn heran.
»Nur einer … nur ein Kuss«, sagte er leise, während sich sein Gesicht ihrem näherte. »Komm schon, Samantha! Ich sterbe vor Sehnsucht …«
Sie spürte seinen angenehmen Atem, wie er in ihren Mund strömte, so nah waren sie sich bereits.
»Na gut, einen Kuss …«, hauchte sie, »einen einzigen …«
Sie war froh, dass er die Initiative übernommen hatte, denn auch sie brauchte diesen Kuss. Mindestens so dringend wie er.
Augenblicklich versanken ihre Münder ineinander und im selben Moment, in dem sich ihre Lippen berührten, vollführten ihre Zungen wie von selbst ihr altvertrautes Spiel, das wie ein erotischer Tanz anmutete. Fast so, als hätten alle Beteiligten nur darauf gewartet, an der Stelle weiterzumachen, an der sie Jahre zuvor aufgehört hatten, miteinander zu spielen und zu tanzen.
Samantha kam es vor, als hätte sich der Erdboden plötzlich in Treibsand verwandelt. Ihre Knie gaben mit einem Mal nach, doch Timothy fing sie auf, hielt sie in seinen Armen wie ein mächtiger Fels in einer tosenden Brandung. Als hätte er nicht vor, sie jemals wieder loszulassen. Wie ausgehungert genoss sie es, seine männliche Kraft zu spüren. Auch das Gefühl, endlich wieder einen Moment lang schwach sein zu dürfen.
Timothy Browning und sie, die auch diesmal mit einem anderen Mann verheiratet war: Noch immer schienen sie füreinander geschaffen zu sein, genau wie damals im nächtlichen Park. Es war die reinste Wonne, ein so ver-

trautes Gefühl – wie nach Hause zu kommen ins Paradies – wie halb verdurstet aus einer süßen Quelle zu trinken – wie zu sterben. Nein, wie zu leben! Endlich wieder zu leben. Wäre Samantha ein Vogel gewesen, hätte sie sich in diesem Moment jubilierend in die Lüfte erhoben, zu einem Tanz mit der Sonne im unendlichen Blau des grenzenlosen Himmels.

Widerwillig kehrten sie wie nach einer Ewigkeit zurück in die irdische Wirklichkeit. Ehrfürchtig und staunend ließen sie voneinander ab, überwältigt und zugleich erschrocken über dieses immense Verlangen, das sie seit ihrem ersten Zusammentreffen miteinander verband. Und sie wussten beide, so würde es auch bleiben. Immer. So sehr sie sich auch wünschten, dass es anders wäre.

Aber die eigentliche Krux an diesem Umstand war ihre Vertrautheit miteinander. Sie hatten sich über die Zeit kennengelernt. Nicht sehr gut, aber immerhin doch so, dass es Samantha nun unmöglich war, den Störenfried ihres Seelenfriedens noch länger zu hassen. Wenn sie gewagt hätte, genauer hinzusehen, wäre ihr sogar das zarte Pflänzchen aufgefallen, das während der wenigen Begegnungen gewachsen war.

19

Eine vertraute Stimme traf Samantha mitten ins Herz. Sie spürte augenblicklich, wie sich sämtliche ihrer Poren mit einem Mal öffneten und zeitgleich Adrenalin in ihrem Körper ausgeschüttet wurde – vor blankem Entsetzen und grenzenloser Panik.

»Es stimmt also doch! Und ich Idiot habe es nicht für möglich halten wollen!«

Michael stand mit vor der Brust verschränkten Armen auf der anderen Seite des Rosenbogens. Er starrte die beiden fassungslos an, die sich soeben vor seinen Augen zögerlich aus ihrer innigen Umarmung gelöst hatten.

Samantha musterte ihn ungläubig. Wie konnte es sein, dass er jetzt hier war, wo sie ihn doch zu dieser Zeit in Schottland wähnte? Wenn das ein böser Traum war, dann einer, aus dem es kein Erwachen gab.

»Äh … Michael … das ist jetzt nicht so, wie es aussieht … wir haben nur …«, stammelte sie und wusste im selben Moment, wie dämlich sich das anhören musste. Wahrscheinlich waren das immer und überall auf der ganzen Welt die ersten Worte, wenn jemand *in flagranti* erwischt wurde. Sie kam sich plötzlich so schäbig vor.

»Natürlich nicht!«, höhnte Michael und lachte zynisch. »Du bist nur ohnmächtig geworden und wurdest gerade wiederbelebt, nicht wahr? Das wolltest du mir doch gerade erklären!«

Sie wünschte sich gerade tatsächlich, ohnmächtig zu sein, denn dann wäre sie in diesem Moment weit weg.

»Seit … seit wann stehst du schon hier?«

»Lange genug, denke ich.«

»Dann musst du auch gesehen haben, dass es nur dieser eine Kuss war!« Sie ging durch den Rosenbogen hindurch und machte mit ausgerecktem Arm ein paar Schritte auf ihn zu, um ihn mit einer versöhnlichen Geste zu beruhigen. »Es war wirklich nur dieser eine Kuss, Michael! Das musst du mir glauben! Bitte!«

Michael wich abrupt vor ihr zurück und hielt seine Hände auf Abwehr, als hätte er eine Aussätzige vor sich, an der er sich auf keinen Fall anstecken durfte.

»Nur fürs Protokoll: Wie lange geht das schon?«, war alles, was er darauf erwiderte.

»Gar nicht!«, schrie sie. »Hörst du mir eigentlich zu? Es ist nichts! Gar nichts! Nur dieser eine Kuss!«

»Das sah mir aber gerade irgendwie anders aus. Oder habe ich mir das vielleicht nur eingebildet? Eine Fata Morgana womöglich?«

Samantha wusste nicht, was sie noch sagen konnte, um es ihm begreiflich zu machen. Michael wollte offenbar glauben, was er gesehen hatte, und nicht sehen, wie es wirklich war. Ihre Erklärungen interessierten ihn nicht. Dabei hatte sie ihm nie zuvor einen Anlass gegeben, ihr zu misstrauen. Sie stand nur noch da und schüttelte den Kopf, während Tränen über ihre Wangen liefen.

Timothy überlegte kurz, wie er ihr in ihrer Verzweiflung zu Hilfe kommen konnte. In freundschaftlich beschwichtigendem Ton sagte er dann zu Michael: »Deine Frau ist dir treu, Kumpel, leider ... Dieser Kuss war ganz allein meine Idee. Ich habe Samantha dazu richtiggehend überreden müssen. Sie wollte erst gar nicht ...«

Michael sah ihn darauf erstaunt an, als hätte er seinen Rivalen erst in diesem Moment bemerkt.

»Mr Browning, ich habe keine Ahnung, was Sie hier machen, aber ich bin gewiss nicht Ihr Kumpel. Ich wüsste auch gar nicht, dass wir uns schon einmal begegnet wären und uns deshalb duzen würden.«

Er drehte sich zum Gehen um.

»Und was ich von Männern halte, die sich an verheiratete Frauen ranmachen und sie zu leidenschaftlichen Küssen überreden, behalte ich lieber für mich. Sonst gibt es hier nämlich gleich eine Schlägerei und ich würde mir ungern die Finger an Ihnen schmutzig machen …«

Dann sah er seine Frau voller Verachtung an.

»… denn das ist die Sache nicht wert.«

Er ließ die beiden stehen und schlug den Weg zum Wohnhaus ein.

»Was soll das scheinheilige Gerede?«, rief Samantha ihm nach und musste fast rennen, um noch hinterherzukommen, so schnell war er unterwegs.

»Von welchem scheinheiligen Gerede sprichst du?«, fragte er scheinbar belustigt.

»Jetzt tu bloß nicht so, als wüsstest du nicht, was ich meine!«, fauchte sie ihn an.

»Ich weiß tatsächlich nicht, was du meinst. Oder mache ich mich etwa an verheiratete Frauen heran?« Er trug eine schier unerträgliche Gelassenheit zur Schau.

»Ich erinnere dich ungern, Michael, aber als du dich damals an mich herangemacht hast, war ich auch noch verheiratet. Weißt du noch?«

»Ja, aber immerhin hattest du dich bereits von Charles getrennt.«

»Das ist richtig.« Sie packte ihn am Arm und zwang ihn dadurch, endlich stehen zu bleiben und sie anzusehen. »Und wie würdest du das nennen, was wir gerade sind? Ist das etwa keine Trennung, wenn der Mann einfach seiner Wege geht und seine Frau wochenlang mit allem allein zu Hause lässt?«

»Ach! So weit sind wir schon? Getrennt? Das wusste ich nicht.« Er nickte höhnisch.

»Und du warst es doch auch, der mich dazu aufgefordert hat, Leute einzustellen, die hier arbeiten und …«

Er fiel ihr ins Wort: »Arbeiten, ja!«

»Aber das sind keine Arbeitsmaschinen, sondern Menschen, und wie es nun mal unter Menschen vorkommt, da entsteht eben eine gewisse Dynamik ...«

»Ja, davon konnte ich mich gerade bestens überzeugen«, sagte er mit einem spöttischen Grinsen. »Das war wirklich äußerst dynamisch, ich muss schon sagen ... Von beiden Seiten.« Er setzte seinen Weg zum Hauptportal mit großen Schritten fort.

Doch Samantha ließ sich nicht abschütteln. Sie hatte nichts mehr zu verlieren. Nicht einmal mehr ihren Stolz.

»Kannst du dir eigentlich vorstellen, wie einsam ich mich gerade fühle? Außer Colin und ein paar Bediensteten wohnt zurzeit niemand hier in diesem riesigen Kasten! Niemand, mit dem ich sprechen kann.«

»Samantha, ich fühle mich auch manchmal einsam, glaub mir! Aber ich mache deswegen nicht mit anderen Frauen herum.«

»Und warum meldest du dich dann nicht bei mir – bei deiner Frau –, wenn du doch so einsam bist?«

»Damit die Vorwürfe wieder von vorne losgehen? Darauf kann ich liebend gerne verzichten!«

Ermattet blieb sie stehen und ließ ihn nun allein weitermarschieren. Diese Diskussion war wenig fruchtbar.

Nach einer kurzen Überlegung rief sie ihm hinterher: »Ich werde hier bestraft für etwas, das ich gar nicht getan habe! Es war nur dieser eine Kuss, aber du behandelst mich wie eine Ehebrecherin! Weiter habe ich mir nichts vorzuwerfen und es gibt auch nichts zu bereuen! Gar nichts! Außer dass ich nicht schon längst mit ihm geschlafen habe – so wie du dich gerade aufführst!«

Michael blieb in einigen Metern Entfernung schlagartig stehen und drehte sich zu ihr um.

»Es ist fast schon beleidigend, für wie dämlich du mich halten musst.« Er lachte bitter und schüttelte den Kopf.

»Warum sagst du so etwas, Michael? Und was meinst

du damit?« Verwirrt machte sie wieder ein paar Schritte auf ihn zu.

»Also erstens weiß ich, wie meine Frau aussieht, wenn sie verliebt ist … Es hat mal eine Zeit gegeben, da haben solche Blicke mir gegolten«, ergänzte er verbittert.

»Ich? Verliebt? Bist du verrückt geworden?«

Ihre Stimme überschlug sich fast bei diesen Worten. »Ich bin doch nicht …« Dann hielt sie plötzlich inne und fühlte in sich hinein. *Oder etwa doch?*

»Siehst du?« Michael lachte siegessicher, obwohl dieser Umstand eine Niederlage für ihn selbst bedeutete. »Und zweitens … du willst mich ernsthaft glauben machen, dass du nicht mit diesem Wunderknaben im Bett warst? Dass ich nicht lache! Ihr müsst euch näher kennen: Warum sonst sollte er sich deinetwegen von Hazel getrennt haben? Oder möchtest du mir jetzt wieder eine deiner ach so plausiblen Erklärungen auftischen?«

»Aber … was soll denn das heißen? Warum er sich sonst meinetwegen von Hazel getrennt haben sollte? Das würde ich auch gerne wissen, denn ich höre das gerade zum ersten Mal.« Sie schüttelte entgeistert den Kopf. »Wer behauptet denn so etwas überhaupt?«

»Niemand Geringeres als seine Ex-Verlobte, und die muss es ja schließlich wissen.«

Daraufhin konnte sie ihm nur noch fassungslos hinterherstarren, während er auf eine der Freitreppen zuging und sie förmlich erstieg, indem er immer zwei Stufen auf einmal nahm.

»Wieso überhaupt meinetwegen?«, wiederholte sie noch einmal leise. Dann wandte sie sich um und lief zurück zum Rosengarten. Sie musste Timothy dringend fragen, ob das wirklich stimmte, und falls ja, was sie davon zu halten hatte.

Doch er war nicht mehr dort. Sie blickte sich suchend nach ihm um. In einiger Entfernung konnte sie ihn zwischen riesigen Bäumen ausmachen, wie er sich mit gesenktem Kopf, die Hände in den Hosentaschen, auf den Rückweg zum Gestüt machte. Das weiße T-Shirt leuchtete in der untergehenden Abendsonne.

Verdammt!
Sie rannte wieder vor zum Eingangsportal des Hauses und hastete die Treppen hoch in die erste Etage.
Aus dem Ankleidezimmer drangen laute Geräusche bis auf den Korridor hinaus. Sie ging hinein und sah zu, wie Michael die meisten seiner persönlichen Dinge wahllos in Koffer und Reisetaschen hineinstopfte.
Mit verschränkten Armen stand sie im Türrahmen. Sie versuchte nachzudenken. Doch ihr Kopf war wie ausgebrannt und ebenso ihr Herz. Es fühlte sich an wie ein erloschenes Feuer. Da war nichts mehr. Gar nichts.

»Was hast du jetzt vor?« Die Frage war rhetorisch gemeint, denn die Antwort war offensichtlich.

»Wonach sieht es denn aus?«, kam es erwartungsgemäß kühl zurück.

»Und du findest nicht, dass du gerade ein wenig überreagierst?«

»Keineswegs.«

»Auch nicht vor dem Hintergrund, dass wir immerhin zwei Kinder miteinander haben?«

»Wie schön, dass du dich daran erinnerst!« Er klang eiskalt.

»Ich bin immer für sie da, im Gegensatz zu dir!«

»Ja, das bist du. Aber im Gegensatz zu dir bin ich berufstätig. Wie übrigens die meisten Väter.«

»Aber was soll denn aus ihnen werden, wenn du jetzt gehst? Sollen sie etwa ohne Vater aufwachsen?«

»Es wären nicht die ersten Kinder, denen solch ein Schicksal widerfährt.«

»Ja … ja, hast du dir unser Familienleben denn so vorgestellt?«

»Natürlich nicht. Du etwa? Aber so etwas kommt in den besten Familien vor, wie man sieht.« Er nahm sein Gepäck und drückte sich harsch an ihr vorbei durch die Tür und auf den Korridor hinaus. »Wir können ja Besuchszeiten vereinbaren.«

»Michael! Ist es wirklich das, was du willst? Alles zwischen uns zu zerstören!«

»Wenn man dich so hört, könnte man meinen, ich hätte dir öffentlich Hörner aufgesetzt und nicht du mir!«, rief er ihr noch zu, als er schon fast an der Freitreppe angekommen war.

Sie schnaubte resigniert und überlegte, was sie noch hätte zu ihm sagen können.

Im selben Moment gab das Babyfon an ihrem Gürtel knisternde Geräusche von sich, die bereits von Colins Weinen aus dem Nebenraum übertönt wurden.

20

Michael fuhr wie in Trance. Er hatte die Strecke zwischen Cardington Manor und London schon so oft zurückgelegt, dass sein Körper sämtliche Abläufe automatisch ausführte. Es war beinahe wie ein Reflex.
Er dachte an nichts und er fühlte auch nichts. Er stand wie unter Schock.
Irgendwann – nach Stunden – parkte er seinen Wagen vor dem Wohnhaus in Harrow, in dem sich seine Wohnung befand. Aber er wollte nicht aussteigen. Nein, er konnte jetzt nicht allein sein. Nicht an diesem Abend.
Seine Finger glitten plötzlich wie von selbst über die Tasten der Telefonanlage auf dem Armaturenbrett. Sie gaben eine geläufige Zahlenkombination ein.
Kurze Zeit später war über die Freisprechanlage eine weibliche Stimme zu hören.
»Mikey? Träume ich oder bist du es wirklich?«
Er schluckte, bevor er sprach: »Hey … Hast du Zeit für einen alten Freund?«
Statt einer Antwort kam eine Gegenfrage: »Wann bist du hier?«
»In etwa einer halben Stunde.«
»Ich warte auf dich.«

Er klingelte an der Eingangstür eines Apartmenthauses in Richmond. Ein paar Sekunden später ertönte der Türsummer und er trat in den Hausflur. Der vertraute, spießige Geruch nach Bohnerwachs und Weichspüler empfing ihn und legte sich beruhigend wie Baldrian auf sein angeschlagenes Gemüt.
Im Hochparterre wurde eine Wohnungstür geöffnet und warf einen warmen Lichtkegel ins Treppenhaus. Mi-

chael stieg wie mit allerletzter Kraft die Stufen hoch.
»Hey ... du siehst toll aus«, sagte er zur Begrüßung. »Richtig toll.«
Eine hübsche, zierliche Person mit dunklen Locken lächelte ihm zu. Sie drückten sich innig und lange. Seit ihrer letzten Umarmung waren etwa drei Jahre vergangen.
»Hast du Hunger?«, fragte Patricia auf einmal und löste sich dabei aus seinen Armen. »Ich habe dir schnell etwas zu essen hergerichtet.«
»Keine Ahnung ... lieber was zu trinken, aber danke.«
Sie schloss die Tür hinter ihm und nahm ihn mit in die Küche. An einem kleinen, runden Tisch setzten sie sich und es kam Michael vor, als wäre er nie fort gewesen.
»Dann schieß mal los«, sagte sie, als sie ihm ein Glas Rotwein eingoss und einen Teller mit Schnittchen hinschob. »Du siehst übrigens richtig scheiße aus.«
»Danke«, sagte er und lachte matt. »Du weißt eben, wie man mich aufrichtet.«

Der liebliche Sommerabend war einer stürmischen Nacht gewichen und auch noch am Morgen peitschte ein kalter Wind graue Wolken über den Himmel. Es war fast so, als würde ein himmlisches Theaterensemble die Szenen des Vorabends nachstellen.

Samantha blinzelte mehrfach, als sich die Geschehnisse des vorherigen Tages in ihre Erinnerung schoben. Sie stöhnte verzweifelt auf und verbarg ihr Gesicht in den Kissen.

»Bitte, lieber Gott, lass es alles nur ein Traum gewesen sein! Ein böser, ganz böser Traum ...«, murmelte sie in den Stoff hinein, wohl wissend, dass ihr keine höhere Macht der Welt einen Ausweg aus ihrer derzeitigen Lage bieten konnte. Ihr Leben war in diesem Moment so verfahren wie nie zuvor.

Was sollte nun werden? Aus ihr, aus ihrer Ehe, aus den

Kindern? Würden sie je wieder eine richtige Familie sein? Mit Schaudern dachte sie daran, dass Frank, Roberta und Henderson in knapp vier Wochen zurückkehren würden. Und spätestens dann müsste sie eine Erklärung parat haben. Aber was sollte sie ihnen sagen? Wie sollte sie Frank denn nur beibringen, dass seine neue Familie bereits wieder kaputt war, sein Vater ihn aber regelmäßig besuchen kommen würde?

Michael würde die Sache sicher so darstellen, als wäre die Ehe durch Samanthas Seitensprung gescheitert. Schließlich hatte er sie mit einem anderen Mann in flagranti erwischt. Für einen Moment überlegte sie, ob er den Sachverhalt vielleicht deshalb so aufgebauscht hatte, weil er dadurch eine willkommene Gelegenheit zur Flucht erhalten hatte.

Würde ihr überhaupt jemand glauben, wie sich die Dinge aus ihrer Sicht zugetragen hatten? Dass sie einsam war und sich trotz der Krise mit Michael verzweifelt gegen ihre Sehnsucht gewehrt hatte, so gut es eben ging. Es wäre doch viel leichter gewesen, sich der Leidenschaft einfach hinzugeben. Und auf jeden Fall erfüllender als der jetzige verheerende Zustand.

Ihre Grübelei wurde jäh beendet. Ein paar Zimmer weiter war Colin erwacht und schrie aus Leibeskräften nach seiner Mutter. Sie stand auf und ging zu ihm hinüber. Kurz darauf kehrte sie mit dem schluchzenden Bündel auf dem Arm zurück und legte sich mit ihm gemeinsam noch einmal ins Bett. Sie schmiegte sich an ihn, wischte seine Tränen ab, flüsterte ihm liebevolle Worte ins Ohr und der Kleine beruhigte sich zusehends. Und auch ihr selbst ging es dadurch langsam wieder besser. Für so einen kleinen Schatz – dieses Geschenk des Himmels – lohnte es sich, zu leben. Und das Leben – ihr Leben –, es musste schließlich weitergehen. Schon um der Kinder willen.

Nach dem Mittagessen saß Colin im Kinderwagen und krähte vergnügt, weil Franks Hündchen ihn immer wieder umkreiste wie ein Satellit.

Samantha war mit ihnen auf dem Weg zum Gestüt. Sie wollte mit Timothy sprechen. Seit dem Showdown mit Michael hatte sie nichts mehr von ihm gehört. Sie näherten sich den Stallungen und ihr Herzschlag beschleunigte sich mit jedem Schritt. Vor einem Paddock in der Nähe des Eingangstors stand er zusammen mit seinem Vater und einem Mitarbeiter bei einer Unterredung.

Timothys Augen leuchteten kurz auf, als er sie kommen sah. Dann verbarg er seine Freude, indem er so tat, als würde er dem Gespräch weiterhin konzentriert folgen.

Die Unterhaltung verstummte mit einem Mal und Mr Browning begrüßte Samantha auf das Herzlichste. Auch über den kleinen Colin verlor er ein paar nette Worte, den er bisher noch nie auf dem Gestüt gesehen hatte.

»Was verschafft uns denn die Freude Ihres Besuches, Mrs Tomlinson?«

Den ganzen Weg über hatte sie sich zurechtgelegt, was sie sagen könnte, damit durch ihr Anliegen weder Klatschgeschichten entstanden noch Timothys Identität bekannt würde.

»Mr Browning, ich möchte wirklich nicht stören, aber Ihr Neffe war so freundlich, mir seine Hilfe anzubieten, wenn bei uns im Haus einmal Not am Mann sein sollte. Wissen Sie, unser Butler ist gerade für vier Wochen verreist und mein Mann arbeitet zurzeit ausgerechnet in Schottland. Könnte ich mir Dave wohl kurz ausleihen? Es dauert auch bestimmt nicht lange«, sagte sie und lächelte verbindlich in die Runde.

»Aber selbstverständlich! Gerne, Mrs Tomlinson! So lange sie ihn benötigen ...« Anthony Browning blickte seinen Sohn an und registrierte, dass dieser befangen grinste und sich schon bereitwillig aus der Gesprächsrunde gelöst hatte. »Bis später, Dave!«

Man verabschiedete sich freundlich und das Dreiergespann mit Hund schlug den Weg zum Herrenhaus ein.

Nach ein paar Metern wandte sich Samantha noch einmal um, weil sie jemandes Blicke in ihrem Rücken gespürt hatte. Und richtig: Mr Browning stand lächelnd am Eingangstor und schaute ihnen hinterher. Etwas verlegen lächelte sie zurück.

21

Beide grinsten sie übers ganze Gesicht, als kämen sie sich vor wie *Bonnie & Clyde* nach einem Gaunerstück.

»Glaubst du, dein Vater hat irgendetwas mitbekommen?«

»Keine Ahnung … nicht, dass ich wüsste, aber er spürt immer eine ganze Menge, mein alter Herr.«

Als sie außer Sichtweite waren, löste Timothy ihre Hand vom Griff des Kinderwagens, legte sie in seine und schob mit der anderen den kleinen Colin. Dadurch gingen sie automatisch enger nebeneinander.

»Wie geht es dir denn?«, fragte er mit einiger Besorgnis in der Stimme. »Wie hast du den Abend überstanden?«

»So einigermaßen.«

»Ich habe mir gedacht, ich verdrücke mich besser, um die Situation ein wenig zu deeskalieren. Ich hoffe, das war für dich okay.«

»Klar. Was hättest du auch sonst tun sollen?«

»Oder hättest du mich gebraucht?«

»Nein, ich war ja schließlich nicht in Gefahr … Aber heftig war es schon.«

»Ja … für deinen Mann sicher auch. Wie ist denn jetzt der Stand zwischen euch?«

»Ganz einfach: Er hat alle seine Sachen mitgenommen und ist fort.«

»Wahnsinn! Er hat dir also nicht geglaubt, nein?«

»Nein. Er hat mir nicht einmal richtig zugehört. Dabei habe ich ihm noch nie einen Grund gegeben, mir zu misstrauen. Das ist so … so …« Sie schüttelte den Kopf. »Ich finde keine Worte dafür.«

»Tut mir echt leid. Das wollte ich nicht.«
»Ist doch nicht deine Schuld.«
»Aber dieser Kuss ... er war ...«
»... er war nicht nur deine Idee«, sagte sie und hielt dabei den Blick fest auf den Weg geheftet. »Du hast den Wunsch danach zwar laut ausgesprochen, aber ich hatte ihn auch – genau wie du.«
Mit halb geöffneten Lippen liebkoste Timothy im Gehen ihr Haar und sog ihren Duft ein. Als Samantha ihn danach ansah, gab er ihr dazu noch einen zarten Kuss auf den Mund. Dann ließ er ihre Hand los und legte den Arm um ihre Schultern, wie er es bereits am Vorabend getan hatte.

Nach einer Weile fragte er: »Woher wusste dein Mann eigentlich von uns und dass ich gerade auf Cardington Manor bin?«

»Natürlich von Hazel. Von wem sonst? Woher sie das allerdings weiß, hat er mir nicht gesagt.«

»Hazel ... verdammt! Diese Frau bringt einem wirklich nur Ärger!«, rief er und schüttelte den Kopf.

»Ähm ... sie hat Michael übrigens auch erzählt, du ... du hättest dich meinetwegen von ihr getrennt«, begann sie vorsichtig.

»Das habe ich nie zu ihr gesagt!«, erwiderte er barsch.

»Ich dachte mir schon, dass es nicht stimmt.«

Sie schnaubte belustigt und schüttelte den Kopf. »Das ist mal wieder typisch für Hazel!«

»Ich habe nicht gesagt, dass es nicht stimmt. Ich habe nur gesagt, dass ich es nicht zu Hazel gesagt habe. Das hat sie sich dann wohl irgendwie selbst zusammengereimt. Ganz blöd ist sie ja nicht.«

»Aber ... aber ...« Samantha blieb abrupt stehen und zwang dadurch Timothy und den Kinderwagen ebenfalls zum Stillstand. »Wie kann denn das sein?«

Sie sah ihn nun mit geröteten Wangen und leuchtenden

Augen direkt an. »Wie kann ich der Grund dafür sein, dass du deine Verlobung mit Hazel löst – vier Wochen vor eurer Hochzeit?«

Er erwiderte ihren Blick nun mit einer Intensität, die ihr mächtig zusetzte.

»Weil ich dich liebe, Samantha, und zwar seit unserer ersten Begegnung im Park – so unrühmlich ihr Ende für mich auch gewesen sein mag!« Er lachte kurz auf.

»Aber … den Eindruck hast du auf mich damals nicht gemacht. Eher, dass es dir nur um die Rache an Charles gegangen ist … vielleicht gepaart mit ein wenig Vergnügen.«

»Dass ich dich liebe, ist mir auch erst sehr viel später bewusst geworden. An diesem Abend habe ich nur gedacht, *ich räche mich jetzt an diesem Charles, dann ist die Sache irgendwie ausgeglichen.*

Dann – nach diesem Abend – habe ich immerzu an dich denken müssen.«

Er machte eine lange, bedeutungsvolle Pause, eher er weitersprach: »Ich hatte nicht mit einem so wundervollen, empfindsamen, verletzlichen Geschöpf wie dir gerechnet … Das hat mich mitten ins Herz getroffen. Verstehst du das?«

Mit einem Blick voller Liebe sah er sie an, doch Samantha konnte darauf nicht antworten. Timothy sprach dann genauso befreit weiter, wie er begonnen hatte, ganz so wie jemand, der nichts mehr zu verlieren hatte.

»Mir ist natürlich klar gewesen, dass du danach nichts mehr mit mir zu tun haben wolltest, aber ich habe nie aufgehört, an dich zu denken … Irgendwann habe ich dann versucht, mich mit deiner zweiten Heirat abzufinden – du hast von diesem Mann ja dann auch ein Kind bekommen.«

Samantha konnte ihn während seiner Erklärung nur ungläubig anstarren.

Wie zur Entschuldigung zuckte er lächelnd die Achseln und fuhr fort: »Um mich von meinen Gedanken an dich abzulenken, habe ich in den letzten Jahren beim weiblichen Geschlecht wenig anbrennen lassen, wie man so sagt.« Und wieder lachte er sein unwiderstehliches Lachen und seine schneeweißen Zähne blitzten dabei immer wieder auf.

Dann wurde er mit einem Mal ernst und sah sie aus glutvollen schwarzen Augen direkt an.

»Aber ich habe nie jemand anderen geliebt – auch Hazel nicht. Dass ich bereit war, sie zu heiraten, hatte nichts mit Liebe zu tun – das war eher eine Form von ... nennen wir es Kapitulation.«

»Das wusste ich nicht«, sagte sie leise. »Aber warum dann jetzt die Trennung?«

»Dass sie mich dir unbedingt vor der Hochzeit hat vorstellen wollen, damit hat Hazel einen großen Fehler gemacht. Ich habe noch versucht, es ihr auszureden. Als ich dich nach diesen verflixt langen Jahren endlich wiedergesehen habe, mit dir gesprochen und dich berührt habe, auch wenn es nur deine Hand war, das ...«

Wie zur Bestätigung ergriff er erneut ihre Hand und rieb sie an seiner Wange.

»Ich habe Hazel danach einfach nicht mehr ertragen, verstehst du? Ihre Gesprächsthemen! Ihre Oberflächlichkeit! Dieses ganze blöde Society-Getue! Ich war so verzweifelt, denn dich konnte ich ja auch nicht haben.«

Samantha sog jedes seiner Worte in sich auf und vergaß dabei beinahe zu atmen.

»Und dann?«, war alles, was sie hervorbrachte.

»Dann habe ich mich noch eine Weile zusammengerissen, habe gehofft, dass ich dich doch noch irgendwie aus dem Kopf kriege ... Doch als du meinem Dad dann auch noch sein Pferd geschenkt hast ... Danach war es nur noch die reine Quälerei mit Hazel. Diese ganzen überzogenen und völlig unnötigen Hochzeitsvorbereitungen allein haben mich beinahe in den Wahnsinn getrieben … Na ja, du kennst sie ja auch.«

»Allerdings.«

»Ich habe mich dann meinem alten Herrn anvertraut, habe ihm erzählt, dass ich eine andere Frau liebe, die ich aber nicht bekommen kann, und ihn gefragt, was er denn an meiner Stelle täte.«

Und wieder lachte er kurz auf.

»Eigentlich wusste ich ja bereits vorher, was er mir raten würde. Wahrscheinlich habe ich nur jemanden gebraucht, der es ausspricht … Interessanterweise hat er Hazel nie ausstehen können. Und das, obwohl er wirklich jemand ist, der mit jedem auskommt – einfach, weil er es möchte.«

Dann sprach er plötzlich im Tonfall seines Vaters weiter: »Und zu deiner großen Liebe möchte ich dir Folgendes sagen, mein Sohn: Wenn ihr wirklich füreinander bestimmt seid, dann werdet ihr auch zueinanderfinden.«

Ein eiskalter Schauder überlief Samantha bei diesen letzten Worten und sie merkte, wie sie am ganzen Körper eine Gänsehaut bekam.

Und als hätte er es ebenfalls gespürt, legte Timothy seinen Arm erneut um ihre Schultern. So setzten sie den Weg gemeinsam fort. Schweigend, denn alles Wesentliche war bereits gesagt.

Samantha wusste nicht mehr, was sie denken sollte und was sie überhaupt empfand. Timothys Worte hallten in ihrem Kopf nach und sie konnte nicht ausschließen, dass sie es inzwischen auch in ihrem Herzen taten. Er hatte für sie nichts mehr mit dem Mann zu tun, den sie in jener Nacht von Charles' vierzigstem Geburtstag kennengelernt und seitdem verabscheut hatte, und dieser Umstand verwirrte sie über die Maßen. Es war so viel leichter gewesen, ihn zu hassen. Aber eine neue Liebe hatte in diesem einzigen Chaos, das ihr Leben gerade war, überhaupt keinen Platz.

Das Läuten von Timothys Mobiltelefon riss sie aus ihren Gedankenkreisen. Er zog es aus seiner Hosentasche und strich mit dem Daumen darüber.

»Ja, Dad, was gibts?« Und nach einer Weile: »Was? Das darf doch nicht wahr sein!« Dann stellte er den Lautsprecher an, damit Samantha mithören konnte.

»… sie sind mit mindestens sieben Wagen gekommen von verschiedenen Fernsehsendern oder Radiostationen und diese Leute wollen jetzt alle mit dir sprechen. Die Pferde drehen mir schon durch …« Im Hintergrund war tatsächlich aufgeregtes Wiehern zu hören.

»Oje, dann haben sie es jetzt also herausgefunden, dass ich hier bin.«

»Ganz offensichtlich! Aber von wem können die das denn erfahren haben, Junge? Wir haben es doch niemandem erzählt. Oder glaubst du, dass dich jemand von den Stallburschen erkannt und dann womöglich verkauft hat?« Anthony Browning klang aufrichtig besorgt.

»Nein, das denke ich nicht. Das habe ich wahrscheinlich deiner ehemaligen Schwiegertochter *in spe* zu verdanken.«

»Diese Hazel schon wieder?«, fragte Mr Brownings mit abfälligem Tonfall.

»Ich muss leider davon ausgehen, dass das auf ihr Konto geht. Es ist wohl ihre Art, sich jetzt an mir zu rächen.«

Timothy dachte einen Moment nach, dann sprach er weiter: »Tut mir echt leid für die Pferde, aber ich fürchte, ich kann dir gerade nicht helfen, Dad …«

»Natürlich nicht, Junge! Ich erzähle dir das nur, damit du auf keinen Fall hierher zurückkommst, bis diese Aasgeier wieder abgezogen sind. Die sind so aggressiv, das kannst du dir nicht vorstellen! Und Fragen stellen die –

alles unterhalb der Gürtellinie! Was ist nur aus den guten Sitten geworden?«

»Tut mir echt leid, Dad, dass du jetzt auch mit diesem Irrsinn konfrontiert wirst …«

»Ach, so ein Quatsch! Ich halte das schon aus. Ich mache mir eher Sorgen um dich, und was sie dir wieder andichten werden … Vielleicht kannst du dir ja ein Taxi nehmen und einstweilen in einem Hotel unterkommen und …«

»Mr Browning, ich habe alles mitgehört«, unterbrach ihn Samantha. »Machen Sie sich bitte keine Sorgen! Ich werde Timothy mit zu mir nach Hause nehmen und ihn dort in einem der Gästezimmer verstecken. Dort wird ihn bestimmt niemand suchen. Dann ist er auch ganz in der Nähe, wenn Sie ihn brauchen.«

»Oh, Mrs Tomlinson, haben Sie vielen Dank! Da fällt mir wirklich ein Stein vom Herzen.« Und an seinen Sohn gewandt: »Tim, ich gebe Entwarnung, sobald die Luft rein ist.« Dann war die Verbindung beendet.

Timothy sah Samantha überrascht an. »Bist du sicher, dass das in Ordnung geht? Ich meine, wenn dein Mann davon erfährt … Er denkt doch jetzt schon, dass wir miteinander … oder dein Personal … was werden die denn von dir denken … oder über uns … oder …?«

»Ich habe nicht die leiseste Ahnung und darüber mache ich mir jetzt auch keine Gedanken. Das wird sich schon zeigen. Aber es ist nun mal eine Tatsache, dass du in diesem Moment Asyl brauchst«, sagte sie und kicherte.

»Und ich werde bestimmt nicht diejenige sein, die dich diesen Geiern zum Fraß vorwirft.«

Dann zuckte sie mit den Achseln. »Die Menschen denken doch sowieso das, was sie denken wollen.«

»Jetzt sag mir doch mal bitte, wie man es anstellen soll, dich nicht zu lieben«, sagte er und seufzte mit gespielter Verzweiflung.

22

Rose, die Köchin, die Haushälterin Frances und Clara konnten den bildschönen, prominenten Mann nur ehrfürchtig anstarren. Er stand leibhaftig vor ihnen und ihre Arbeitgeberin hatte ihn soeben auch noch als neuen Hausbewohner vorgestellt. Wenngleich ihnen sein Name sowieso bekannt war, denn jede Frau in England kannte ihn. Auch Mrs Boyle schien sichtlich überrascht. Wenn auch nicht so sehr wie die blutjunge Clara, die erst seit wenigen Wochen auf Cardington Manor als Hausmädchen beschäftigt war, um Frances zu entlasten.

»Mr Browning wird sich hier für einen unbestimmten Zeitraum aufhalten. Ich bitte Sie, ihn mit der Ihnen üblichen Loyalität und Freundlichkeit zu behandeln. Er wird im Moment von den Medien verfolgt und deshalb muss ich Sie außerdem um absolute Diskretion bitten, seinen Aufenthaltsort betreffend. Sollten Sie von einem Reporter nach ihm befragt werden, dann geben Sie einfach keine Auskunft darüber. Sagen Sie einfach, sie wissen von nichts.«

Ein leises Raunen war daraufhin zu hören, begleitet von einem Flüstern, das erst verstummte, als Frances ihre Untergebene mit dem Ellbogen unsanft in die Seite stieß.

Dann fuhr Samantha fort und sah dabei Frances an: »Mr Browning wird für die Dauer seines Aufenthalts im *Boudoir* untergebracht«, woraufhin die Haushälterin nickte.

Und an Rose gewandt: »Und Sie, meine liebe Rose, werden mir unseren Gast bei den Mahlzeiten berücksichtigen, nicht wahr? Ich danke Ihnen allen verbindlichst für die Aufmerksamkeit!«

Die dicke Köchin bestätigte ebenfalls, und alle gingen wieder zurück an ihre Arbeit. Das Tuscheln der Ange-

stellten hallte noch einen Moment lang in der Halle nach.
»Das bedeutet, dass du niemandem sagen darfst, dass der gerade hier wohnt, verstehst du?«

Timothy atmete geräuschvoll aus, als sich auch die Tür des Apartments hinter Mildred Boyle geschlossen hatte.

»So macht man das! Verstehe ...« Er lachte sichtlich erleichtert.

Samantha zuckte mit den Schultern.

»Natürlich musste ich sie alle einweihen, damit die sich nicht irgendetwas zusammenfantasieren und dann womöglich noch zu tratschen anfangen ... Das fehlte mir jetzt gerade noch zu meinem Glück!« Sie lachte nun ebenfalls und hob Colin aus dem Kinderwagen.

»Dann komm mal mit nach oben, damit ich dir dein neues Zuhause zeigen kann.«

»Kann ich dir vielleicht etwas abnehmen?«, fragte er und deutete mit dem Kopf auf Colin, der gerade erwacht war und ihn aus verschlafenen blauen Augen scheu anlächelte.

»Gerne! Er ist schon ein richtiger Brocken geworden, mein süßer Schatz.« Sie küsste ihn auf seinen flaumigen Kopf und reichte ihn an Timothy weiter. »Wird Zeit, dass er zu laufen anfängt!«

Im Moment der Übergabe verzog der Kleine das Gesicht und wollte gerade anfangen zu weinen.

»Ja, wen haben wir denn da?« Timothy schnappte sich den Jungen und hob ihn hoch in die Luft.

Vor lauter Überraschung vergaß Colin den Grund für seinen Unmut und juchzte vor Vergnügen.

»Möchtest du mit einem Flugzeug die Treppe hochfliegen oder lieber auf einem wilden Hengst reiten?«

Timothy ahmte die entsprechenden Geräusche nach und sein kleiner Passagier war begeistert. Bis Samantha die letzten Dinge aus dem Wagen geholt hatte, waren die beiden auch schon oben und winkten ihr zu.

»Nanu! Woher kannst du denn so gut mit Kindern umgehen?«, fragte sie, während sie ebenfalls die Treppe hochstieg.

»Keine Ahnung … Wahrscheinlich aus dem gleichen Grund, warum ich auch mit Pferden umgehen kann. Du kannst dir gar nicht vorstellen, wie oft ich das schon gefragt worden bin!« Er schüttelte verwundert den Kopf. »Offenbar irgendeine Art von Empathie.«

»Ganz offensichtlich eine besondere Art davon«, sagte sie bewundernd und ihre Blicke trafen sich kurz. »Das ist eine echte Gabe, die du da hast. Ist dir das gar nicht klar?«

Er lächelte verlegen. »Keine Ahnung, wie gesagt …«

»Ich würde sagen, wir bringen Colin kurz rüber in sein Zimmer«, sagte sie, um das Thema zu wechseln. »Dann kann er dort im Laufstall sitzen und spielen, bis ich dir gezeigt habe, wo du neuerdings wohnst.«

Sie gelangten zum Westflügel des Hauses, wo sich der Wohnbereich von Samantha, Michael und den Kindern befand. Vom Korridor aus betraten sie das geräumige Kinderzimmer und Timothy staunte nicht schlecht.

»Hier wäre wohl jeder gerne das Kind des Hauses gewesen!« Er betrachtete begeistert die antiken Spielsachen, die hier schon einige Generationen durch ihre Kindheit begleitet hatten.

Nach einer kleinen Weile saß Colin zusammen mit seinem Teddy - und in ein Stoffbilderbuch vertieft - im Ställchen und brabbelte vor sich hin.

Samantha klipste sich das Babyfon an den Gürtel und verließ gemeinsam mit Timothy unauffällig den Raum. Sie mussten nun hinüber in den Ostflügel gehen, der auf der anderen Seite der Freitreppe angelegt worden war. Dort befanden sich auch Robertas Wohnung und das Büro.

Samantha öffnete die Tür des Boudoirs und als sie eintraten, hielt Timothy den Atem an.

»Großer Gott!«, war alles, was er hervorbrachte.

»Meinst du, du kannst es hier eine Weile aushalten?«, fragte sie lächelnd und erinnerte sich an den Moment, als sie vor vielen Jahren ebenso überwältigt gewesen war, als sie diese Zimmer zum ersten Mal betreten hatte.

Sämtliche Einrichtungsgegenstände waren hier in einem tiefen Dunkelrot und seinen diversen Abstufungen gehalten, von den Möbeln, den Teppichen und den Vorhängen bis zu den Büchern in den Regalen und den Bildern an den Wänden.

»Ich denke, ja ...« Er lachte und konnte nur noch den Kopf schütteln. »Ich weiß gar nicht, was ich sagen soll. So ein Gästezimmer habe ich wirklich noch nie gesehen!«

Neben einem weinroten Ledersofa gab es eine weitere Tür. Samantha öffnete sie und sagte: »Und hier ist dein Badezimmer«, und natürlich war auch dort alles in Dunkelrot ausgestattet.

Er nickte begeistert, nahm Samantha plötzlich an der Taille und zog sie voller Übermut in seine Arme.

»Habe ich mich eigentlich schon bei dir bedankt? Ich glaube nicht ...« Er küsste ihre Stirn, ihr Haar. »Danke, dass du das alles für mich tust! Ich weiß das wirklich außerordentlich zu schätzen«, sagte er ganz leise, während er auch noch ihr Ohr und den Hals liebkoste.

»Gern geschehen. Ich hoffe, du findest alles, was du brauchst.« Sie bemühte sich redlich um Contenance. »Falls nicht, musst du hier läuten.« Sie deutete auf die rubinrote Kordelquaste, die neben dem blutroten Himmelbett herabhing und er nickte.

»Und wo muss ich läuten, wenn ich dich brauche?«

Er nahm ihr Gesicht in beide Hände und begann, es mit seinen Küssen zu bedecken. Zuerst die Augen. »Hier?« Dann die Nase. »Oder hier?« Und die Wangen. »Vielleicht hier?« Schließlich die Stirn. »Oder hier?«

Samantha konnte dabei nur noch die Augen schließen,

so sehr gefielen ihr seine Zärtlichkeiten. Und schon wieder bekam sie weiche Knie.

Dann widmete er sich ihrem Mund.

»Nein, ich glaube, hier muss ich läuten …«

Sie wehrte sich zunächst dagegen, aber es war schier aussichtslos, so sehr sie sich auch bemühte, gegen ihr eigenes Verlangen anzukämpfen. Schließlich ließ sie es wieder geschehen, dass er mit der Zunge zwischen ihre Lippen glitt. Gemeinsam genossen sie das Spiel, das sie beide so vortrefflich miteinander zu spielen wussten. Und es war wieder so, als hätten sie nie etwas anderes getan – seit ihrer geheimen Nacht im Pavillon, damals, vor inzwischen schon vier Jahren.

Eine unbändige Lust griff nach Samantha und sie fürchtete erneut, ihren Rest an Vernunft einzubüßen. Als Timothy sie dann auch noch behutsam in Richtung des einladenden Bettes schob, gelang es ihr allerdings in der letzten Sekunde, die Notbremse zu ziehen und wenigstens beim Küssen auf Abstand zu gehen.

»Oh, Baby, ich will dich so sehr …«, raunte er ihr ins Ohr und hielt sie fest umschlungen.

»Das geht nicht … Das können wir nicht tun …«, erwiderte sie atemlos und liebte es im selben Moment, seinen erregten, kraftvollen Körper ganz nah bei sich zu spüren. Er fühlte sich so vertraut an und er roch dazu auch noch so unglaublich verführerisch.

»Ich weiß, dass wir es eigentlich nicht tun dürfen«, sagte er und sah sie dann plötzlich direkt an. Sein glutvoller, leidenschaftlicher Blick ging ihr durch und durch.

Dann gab er sie auf einmal abrupt aus der Umarmung frei und schaute gebannt auf den Boden, wie um sich einen Moment lang zu sammeln.

»Samantha, ich werde ganz bestimmt nicht deine Gastfreundschaft ausnutzen, um dich ins Bett zu bekommen, dafür bedeutest du mir viel zu viel. Und das Letzte, was

ich will, ist, dich in weitere Schwierigkeiten zu bringen.«
Er drückte ihr einen letzten zärtlichen Kuss auf die Stirn. »Lass uns ein Abkommen treffen! Ein Abkommen unter Freunden sozusagen«, fügte er noch lachend hinzu und seine weißen, glänzenden Zähne blitzten schon wieder auf.

»Ein Abkommen?« Samantha war überrascht. »Und worüber?«

»Samantha Tomlinson, ich verspreche dir beim Leben meines Vaters, dass ich, während ich hier wohne, nicht noch einmal versuchen werde, mit dir zu schlafen.«

Er hob seine Hand wie zum Schwur.

»Ich gebe dir hiermit mein feierliches Ehrenwort, so schwer es mir auch fällt.« Dann schlug er beide Hände vors Gesicht und murmelte: »Mein Gott, was rede ich da nur, ich muss verrückt geworden sein ...«

»In Ordnung. Ich stimme dem Abkommen zu«, sagte sie, obwohl ihr im Augenblick genau so wenig nach einer vernünftigen Vereinbarung zumute war wie ihm. Ihre Begierde machte sich bereits in jeder Faser ihres Körpers ungezügelt bemerkbar und sehnte die Erlösung herbei.

»Auch das noch!«, scherzte er und warf sich aufs Bett, als wäre er mit seiner Kraft und seinem Latein am Ende.

Plötzlich ertönte ein Rauschen an Samanthas Gürtel und Colins klägliches Weinen erfüllte das sinnliche Schlafzimmer wie ein Kontrastprogramm.

Sie verringerte die Lautstärke an einem Drehknopf.

»Immer im richtigen Moment! Ich gehe dann mal nach ihm sehen ... Und um auf deine Frage von vorhin zu antworten: Mich erreichst du am besten wie schon gewohnt über das Telefon.« An der Tür angekommen, drehte sie sich noch einmal um.

»Angenehmen Aufenthalt auf Cardington Manor, Mr Browning!«, sagte sie augenzwinkernd und verließ das Boudoir.

23

Kaum hatte sie Colin wie an jedem Nachmittag in die Obhut von Mrs Boyle übergeben, da läutete schon Samanthas Telefon. Sie lag in ihrem Wohnzimmer auf dem Sofa und wollte gerade anfangen, in ihrem Buch zu lesen.

»Ich glaube, unser Abkommen war ein großer Fehler.« Timothys Stimme klang sehnsüchtig und sehr sexy.

»Es war deine Idee, nicht meine«, sagte sie und kicherte wie ein junges Mädchen.

»Das weiß ich und das macht es nicht besser. Im Gegenteil.« Er seufzte.

»Dieses Zimmer hier ist einfach zu … zu sinnlich, um sich ganz allein darin aufzuhalten. Entweder man liegt in diesem herrlichen Bett und dann bekommt man diese wilden Ideen. Oder man hat es direkt im Blick und dann bekommt man diese Ideen … Und wenn man dann noch weiß, dass das Ziel der Begierde sich ganz in der Nähe aufhält …« Er stöhnte auf.

»Oh, du Ärmster!« Sie lachte. »Ich werde gleich mal nachsehen, ob sich noch irgendwo im Souterrain eine freie Besenkammer finden lässt, in die ein schmales Feldbett hineinpassen würde. Oder noch besser, im Keller …«

»Ach, ich glaube, so schlimm ist es dann doch nicht«, sagte er grinsend, »aber vielleicht könnten wir unsere Vereinbarung um einen Passus erweitern?«

»Und der wäre?«

»Ich finde, wir sollten diese eine Stelle darin, du weißt schon, dass ich auf keinen Fall mit dir schlafen werde, noch einmal überdenken.«

»Und wieso?« Es gefiel ihr, dass er schon wieder mit diesem Thema anfing.

»Angenommen, du hättest jetzt gerade große Lust auf mich ...«

»Das kann ich mir überhaupt nicht vorstellen«, unterbrach sie ihn kichernd, während sie die Sehnsucht nach ihm noch immer in jeder Faser ihres Körpers fühlte.

»Natürlich nicht!« Er lachte.

»Deshalb sage ich ja, nur mal angenommen ... also angenommen, du hättest Lust auf mich und die Umstände hätten sich geändert oder sie wären dir plötzlich egal geworden ...« Er machte eine kurze Pause.

»Auf jeden Fall hättest du deine Meinung aus irgendeinem Grund geändert und kommst zu mir ins Boudoir, damit wir ... sagen wir ... miteinander Liebe machen ...«

Diese letzte Bemerkung bescherte ihr eine Gänsehaut und steigerte ihr Verlangen nach ihm ins Unerträgliche.

»... und dann müsste ich dir einen Korb geben, weil wir ja diese dämliche Vereinbarung getroffen haben, dass wir es nicht tun werden, und weil ich ja ein zuverlässiger Mensch bin ... Verstehst du das Dilemma, in dem ich mich befinde?«

»Also meinst du, wir sollten diesen Passus verändern?«

»Ja, das meine ich. Es sollte stattdessen heißen: Ich darf dich nicht verführen, aber du darfst mich verführen, okay?«

»Okay. Abgemacht.«

Dann legte sie auf und seufzte tief. Am liebsten wäre sie sofort zu ihm gegangen, so sehr wollte sie ihn in diesem Moment. Sie stellte sich vor, wie es wäre, wenn sie es tatsächlich täte. Was würde er sagen? Was würde er mit ihr anstellen?

Ein Klingelton holte sie augenblicklich auf den Boden der Realität zurück. Er verdrängte die lustvollen Gedanken und schönen Empfindungen in den hintersten Bereich ihrer Wahrnehmung.

Michaels Konterfei erschien hektisch blinkend auf dem Display.

Im gleichen Rhythmus begann ihr Herz sofort wie wild zu klopfen. Sie drückte auf die grüne Taste und meldete sich: »Hallo, Michael!«

»Hey, wie gehts?« Seine Frage klang so beiläufig, als wäre er gerade zum Mittagessen hereingekommen.

»Rufst du an, um mich das zu fragen? Was glaubst du denn, wie es mir geht nach deinem letzten Auftritt?«

»Nein, das ist nicht der Grund meines Anrufs, aber ich dachte, es schadet nicht, dieses Gespräch freundlich zu beginnen.«

»Aha. Gut. Und was ist dann der Grund?«

»Ich wollte dir nur fairerweise mitteilen, dass wir nun quitt sind.«

»Wir sind quitt? Was meinst du denn damit?« Sie lachte irritiert. »Quitt mit was?«

»Dass nicht nur du mir Hörner aufgesetzt hast, sondern ich dir inzwischen auch. Wir sind jetzt beide fremdgegangen.«

Diese Eröffnung traf sie mitten ins Herz. Aber erstaunlicherweise tat es ihr nicht weh, sondern schürte ihren Zorn auf Michael noch mehr an.

»Dann sind wir jetzt nicht quitt, denn ich habe dir keine Hörner aufgesetzt, um es mit deinen Worten zu sagen.«

»Ich hatte gehofft, dass du es wenigstens jetzt zugeben kannst, wenn du mich schon gestern belogen hast.«

»Ich habe nichts zuzugeben und ich habe dich auch nicht belogen.«

»Dieser Timothy wird sich gestern auch gewundert haben, warum du nicht zu ihm stehst, bei allem, was zwischen euch ist.«

»Hat er nicht, denn es ist nichts. Wie oft soll ich dir das noch sagen?«

»Natürlich nicht«, höhnte er.

»Michael, diese Art von Gespräch langweilt mich langsam. Du unterstellst mir seit gestern auf einmal Dinge, die ich getan haben soll. Ich widerlege sie daraufhin, aber du hörst mir gar nicht zu, und dann geht das Ganze wieder von vorne los. Was soll das? Und was willst du überhaupt von mir? Langsam habe ich das Gefühl, du bauschst da etwas künstlich auf und lässt dich von deiner Meinung nicht abbringen, weil dir das für dich selbst alle möglichen Freibriefe einbringt!«

»Ach, ich bausche da etwas künstlich auf, natürlich! Ich habe mir das auch nur eingebildet, dass du mit diesem Kerl geknutscht hast, natürlich! Das Ganze hat auf mich wirklich nicht den Eindruck gemacht, als wäre das euer erster Kuss gewesen.«

Samantha überlegte blitzschnell, ob das nun der geeignete Moment wäre, ihm zu erzählen, wann und unter welchen Umständen sie und Timothy sich kennengelernt hatten. Auch wenn diese erste Begegnung lange vor Michaels Zeit stattgefunden hatte, könnte diese Information möglicherweise dazu beitragen, die Situation im Rosengarten aufzuklären. Aber genauso gut könnten sich dadurch weitere Missverständnisse ergeben, die dann noch zusätzlich zwischen ihnen stünden.

Sollte sie überhaupt etwas darauf entgegnen?

Aber Michael beschäftigte bereits die nächste Frage: »Und von welchen Freibriefen sprichst du eigentlich?«

»Von der Freiheit, tun und lassen zu können, was du möchtest, wenn die Stimmung in der Ehe entsprechend vergiftet ist. Dann muss man sich auch nicht mehr melden von unterwegs und schon gar nicht nach Hause kommen. Praktisch, nicht wahr? Und wenn man seiner Frau einen Seitensprung unterstellt, hat man ja selbstredend das gleiche Recht dazu. Auch sehr praktisch!«

Er schwieg.

»Ich frage mich außerdem, Michael, seit wann und warum du mir eigentlich nicht mehr vertraust. Habe ich dir dazu je Anlass gegeben?«

Auch darauf erhielt sie keine Antwort.

»Und was sollte das vorhin, von wegen wir sind quitt? Du warst mir also untreu, wolltest du mir das sagen?«

Sie hörte Michael beklommen schlucken, bevor er antwortete: »Ich war letzte Nacht mit Pat zusammen … in ihrer Wohnung … Ich konnte einfach nicht allein sein nach dieser hässlichen Auseinandersetzung gestern …«

»Aha, interessant! Und dann hat sie dich getröstet und bei dieser Gelegenheit habt ihr dann …«

»Ja.«

»Sicher um der alten Zeiten willen, wie schön!« Samantha tat amüsiert, aber es kostete sie viel Kraft, ihm nicht zu zeigen, wie sehr es sie verletzte. Dieses Gespräch hatte nun einen deutlichen Beigeschmack von Abschied und Endlichkeit bekommen.

»Es ist … irgendwann ganz einfach passiert …«

Darauf lachte sie bitter und sagte: »Klar! Wenn du mit einer anderen Frau die Nacht verbringst, ist es ganz einfach passiert. Du warst also gar nicht wirklich dafür verantwortlich, sondern eigentlich das Opfer der Situation. Wenn ich dagegen mit einem anderen Mann schlafen würde, hätte ich dir Hörner aufgesetzt. Du musst zugeben, das klingt doch wesentlich vorsätzlicher, findest du nicht?«

Er schnaubte nur auf eine Weise, die seine Resignation erkennen ließ, erwiderte aber weiter nichts darauf.

»Ich muss schon sagen … du warst bei deinem Seitensprung ja ziemlich spontan … Na ja, wahrscheinlich hast du geglaubt, dich an mir rächen zu müssen, nur hattest du dummerweise gar keinen Grund dazu. Und jetzt bist du allein derjenige, der fremdgegangen ist.«

»Das glaube ich dir noch immer nicht, dass du nicht

mit diesem Schönling im Bett warst.«
»Das verstehe ich sogar. Ehrlich gesagt, kann ich selbst kaum glauben, dass ich bis jetzt so dämlich gewesen bin und deinetwegen nicht mit ihm geschlafen habe. Und denke ja nicht, dass mir das etwa leichtgefallen ist, so sehr, wie du mich vernachlässigt hast in der letzten Zeit! Aber weißt du was? Das kann man alles ganz schnell nachholen! Du sollst jetzt endlich recht haben mit deinen gemeinen Anschuldigungen! Leb wohl, Michael! Und alles Gute für dich und deine Patricia!«

24

Samantha drückte auf die rote Taste und warf ihr Telefon in eine Ecke des Zimmers. Dann sprang sie auf und lief umher wie ein aufgescheuchtes Reh.
Sie explodierte förmlich vor Wut. Ja, sie würde nun ihrer Lust einfach nachgeben. Endlich! Lange genug hatte sie sich zurückgehalten. Michael forderte es ja buchstäblich heraus, und weitere Zurückhaltung war nach dessen Eröffnung nicht mehr vonnöten.
Ja, ich werde gleich hinübergehen ins Boudoir und in diesem sündig roten Himmelbett wahrhaft göttlichen Sex mit Timothy Browning haben!
Plötzlich fiel ihr etwas ein und sie begann, ihr Telefon wieder zu suchen, konnte sich jedoch nicht erinnern, wohin sie es in ihrer Rage geworfen hatte. Als sie es nach einer Weile wieder in der Hand hielt, schaltete sie es aus und legte es anschließend auf den Tisch.
Heute bin ich für niemanden mehr zu sprechen.
Etwas später im Badezimmer leuchteten ihr glühende blaugrüne Augen im Spiegel entgegen und ihre Wangen schimmerten rosig. Sie kämmte sich das Haar und steckte es hoch, damit es unter der Dusche nicht nass wurde.
Wenig später stand sie in ein Badelaken gehüllt wieder vor dem Spiegel und brachte mit wenigen Handgriffen ihr Make-up in Ordnung. Dann löste sie die Spange und schüttelte ihre Mähne. Noch einen Tropfen Parfum in den Nacken, und sie war fertig.
Sie überlegte einen Moment, was sie für diese Art von Rendezvous anziehen sollte; vielleicht ein figurbetontes Kleid oder Jeans und ein Shirt mit einem weiten Ausschnitt? Aber diese Gedanken verwarf sie gleich wieder. Auf keinen Fall wollte sie herausgeputzt erscheinen.

Und schließlich: Sie wusste, sie musste Timothy nicht wirklich verführen. Was auch immer sie anhätte, sie hätte es bestimmt nicht lange an. Wahrscheinlich würde er nicht einmal bemerken, was sie trug.

So nahm sie sich nur ihren neuen aquamarinblauen Seidenkimono, der an einem Haken hinter der Tür hing, und schlüpfte hinein. Ein letztes Mal überprüfte sie ihr Spiegelbild und verließ die Wohnung.

Vor der Tür des Boudoirs angekommen, war ihr Mut ein wenig verflogen. Stattdessen schlug ihr Herz nun kräftig gegen den Brustkorb. Ihre Kehle war staubtrocken und die Hände eiskalt vor Aufregung.

Nach kurzem Zögern klopfte sie an und wartete. Doch Timothy forderte sie nicht auf, einzutreten und öffnete auch nicht die Tür. Auch dann nicht, als sie es ein zweites Mal versuchte. Er musste aber da sein; vermutlich schlief er gerade nur.

Sie drückte die Klinke herunter, ging hinein und verschloss die Tür leise hinter sich. Dann spähte sie um die Ecke, wo das Himmelbett stand, doch dort war er nicht und auch sonst nirgendwo im Raum. Dann hörte sie das Rauschen von Wasser aus dem angrenzenden Bad und ging hinein.

Ihre nackten Füße versanken bis zu den Knöcheln in einem dunkelroten, flauschigen Teppich, der fast den gesamten Boden des Badezimmers bedeckte.

Sie stand nur reglos da und genoss den Anblick, der sich ihr bot: Timothy nahm in der geräumigen Glaskabine gerade eine Dusche. In diesem Moment seifte er seinen gebräunten, wohlgeformten Körper ein und verteilte mit seinen Händen den weißen Schaum.

Der aphrodisierende Duft von Sandelholz und Rosen hing betörend in der feuchten Luft und streichelte Samanthas Sinne.

Schon Timothys Rückenansicht gefiel ihr so ausnehmend gut und schürte die Vorfreude auf das, was sie sich so sehnlichst wünschte: dieses Bild von einem Mann anfassen zu dürfen, ihn zu riechen, über seine Haut zu streicheln, seine geballte Männlichkeit zu spüren und ...

Als hätte er schon wieder ihre Nähe gespürt, drehte er sich im nächsten Moment um und stutzte kurz. Sein Ausdruck war reinste freudige Verwunderung.

Dann stieß er die Glastür auf und empfing sie mit den Worten: »Nanu, gnädige Frau! Was kann ich denn für Sie tun?«

Zur Erklärung zuckte sie mit den Achseln und sagte: »Die Umstände haben sich kurzfristig geändert.«

»Da kann ich ja nur von Glück sagen, dass wir die Klausel unseres Vertrags auch noch rechtzeitig geändert haben. Nicht auszudenken ...« Er grinste sie an.

Ihre Augen verschlangen nun ohne Zurückhaltung auch die stattlichen Vorzüge seiner Vorderansicht und sie biss sich dabei genießerisch auf die Unterlippe.

»Wie du siehst, habe ich gerade wieder an dich gedacht ...«, sagte er und lächelte sein gewinnendes, unwiderstehliches Lächeln, das makellose Zähne aufblitzen ließ.

Ohne ihren Blick von ihm zu nehmen, löste Samantha das Band ihres Kimonos und lies das edle Teil mit einer knappen Bewegung ihrer Schultern zu Boden gleiten.

Timothys dunkle Augen leuchteten auf und seine Mimik nahm einen genüsslichen Zug an. Er sah dabei so glückselig aus wie jemand, der sich am Ziel all seiner Wünsche befand.

Samantha stand nun in all ihrer sinnlichen Weiblichkeit vor ihm wie das leibhaftige Gemälde von Botticelli, *Die Geburt der Venus*. Das fast hüftlange Haar umspielte aufreizend ihre Brüste. Ihre wohlproportionierten Rundungen schimmerten rosig im Widerschein der Wände.

Und ihre Füße steckten noch immer in der aquamarinfarbenen, glänzenden Seide, als entstiege sie gerade einem Meer mit überschäumender Gischt.

Wie weggetreten konnte er sie einige Sekunden lang nur anstarren, was für Samanthas Geschmack schon viel zu lange war. Sie brannte so sehr darauf, ihn endlich zu spüren. Doch auch wenn sie vereinbart hatten, dass sie die treibende Kraft in diesem Spiel sein sollte, sie wollte lieber, dass er sie nahm. Dass sie zu ihm gekommen war und nun nackt vor ihm stand, war für sie genug Initiative.

Und als hätte er schon wieder ihre Gedanken gelesen, packte er sie plötzlich am Arm und zog sie zu sich in die Duschkabine. Schon während er die Glastür hinter ihr schloss, bedeckte er ihr Gesicht ungestüm mit seinen Küssen. Aus einer überdimensionierten, einem Wasserfall ähnlichen Dusche prasselte heißes Wasser auf sie herab.

Wie zwei wilde Tiere pressten und rieben sie ihre nackten Körper aneinander und genossen dieses neue, aufregende Gefühl zügelloser Nähe. Und dabei küssten sie sich so gierig, als hätten sie die Qualen einer endlos langen Hungersnot zu stillen.

»Oh ... Baby ...«, raunte er ihr ins Ohr, »... das habe ich mir so sehr gewünscht.«

Seine Zärtlichkeiten waren nun von einer Intensität, die ihr beinahe die Luft zum Atmen nahm. Zwischendurch hielt er immer wieder kurz inne und betrachtete sie mit einem verklärten Ausdruck. Ganz so, als könnte er sein Glück noch nicht richtig fassen und müsste sich deshalb vergewissern, dass sie auch wirklich bei ihm war.

Als er ihre Brüste mit Lippen und Zähnen liebkoste, wurde Samantha fast ohnmächtig vor Genuss. Ihr lustvolles Stöhnen hallte an den glatten purpurroten Wänden wider und vermischte sich mit dem schier unendlichen Rauschen des Wasserfalls.

Mit Schwindelgefühlen krallte sie sich an seinem nassen Rücken fest, um nicht vollends den Boden unter den Füßen zu verlieren. Timothy fühlte sich für sie so kraftstrotzend und göttlich an wie ein riesiger Delfin, der sie sicher durch die Fluten der Wonne tragen würde. Sie wollte schreien, lachen, tanzen vor Glück. Endlich war der Moment gekommen, und sie konnte sich ganz ihrem Verlangen nach diesem Mann hingeben. Sie brauchte nicht länger nur von ihm zu träumen.

In ihren Bewegungen waren beide so ungeduldig und getrieben, als hätten sie Angst, dass ihnen nicht genügend Zeit bliebe, ihr Spiel zu Ende zu bringen; Angst, dass irgendjemand oder irgendetwas noch dazwischen – zwischen sie – kommen könnte, jetzt, wo es endlich so weit war. Zu lange hatten sie auf diesen Moment warten müssen.

Irgendwann, als sie beide nur noch reine Lust waren, stellte er mit einem entschiedenen Griff das Wasser ab. Und auch dabei küssten sie sich begierig und steigerten ihren Hunger aufeinander ins Unermessliche.

Ihre Blicke trafen sich und beide wussten, dass sie es bis zum Bett im angrenzenden Zimmer nicht mehr schaffen würden.

Als wäre sie federleicht, nahm er sie auf den Arm und trug sie aus der gläsernen Kabine hinaus. Wie auf einen Altar bettete er sie auf den sinnlichen Teppich in der Mitte des Badetempels, auf dem noch der kühle Seidenmantel ausgebreitet lag. Die Botticelli-Venus war ins Meer zurückgekehrt und sie erwartete dort nun voller Ungeduld ihre Vereinigung mit Mars.

Wie von Sinnen liebten sie sich in der Brandung ihrer Lust und die Wellen schlugen alsbald über ihnen zusammen. Das altehrwürdige Badezimmer bewahrte ihr leidenschaftliches Treiben wie ein köstliches Geheimnis.

25

Michael drückte zum wiederholten Mal die Taste, unter der Samanthas Rufnummer gespeichert war. *Dieser Teilnehmer ist vorübergehend nicht erreichbar.* Und auch unter der Festnetznummer ging sie nicht an den Apparat.

»So eine verdammte Scheiße! Ich Vollidiot!«

Die Vorstellung, dass sie womöglich jetzt gerade in diesem Moment mit Timothy Browning im Bett war, fühlte sich für ihn an wie ein K.-o.-Schlag. Aber vielleicht steigerte er sich auch nur unnötig in seine Angst hinein und er hatte noch Zeit, es zu verhindern.

Wenig später saß er in seinem Wagen.

Samantha kicherte, weil sie an diesem Tag bereits zum vierten Mal unter der Dusche stand, und dabei war es noch nicht einmal Abend. Gleich würde Mildred Boyle wieder Colin an sie übergeben und bis dahin wollte sie wenigstens die äußerlichen Spuren ihres Nachmittags beseitigt wissen.

Sie hüllte sich zum Abtrocknen in ein dickes Badelaken ein und rieb sich damit ab. Dabei fiel ihr Blick im Spiegel auf ihr eigenes Gegenüber und sie betrachtete sich. Aber sie sah sich nicht, wie sie sich sonst ansah, sondern mit anderen Augen. Als wäre sie eine fremde Frau, die gerade herrlich lustvolle Stunden erlebt hatte.

Die Augen dieser Unbekannten leuchteten ihr intensiv entgegen. Ihre vollen Lippen waren gut durchblutet und schimmerten wie Rosenblüten. Man sah ihnen unzählige Küsse an und die Frau lächelte darüber ein geheimnisvolles Lächeln. Aus ihrer vollkommen entspannten Ausstrahlung schrie buchstäblich die genussvolle Befriedigung des

Augenblicks.

Ich sehe aus wie eine satte Katze, dachte sie nach einer Weile, als sie wieder ihre ursprüngliche Sichtweise eingenommen hatte, und musste dabei grinsen. Während sie sich trocken tupfte, betrachtete sie sich weiterhin im Spiegel und machte sich bewusst, dass Timothy sie genau so gesehen hatte. Ihre Brüste wirkten noch praller als sonst mit den vor Erregung verhärteten Brustwarzen.

Im selben Moment schweiften ihre Gedanken ab, zurück zu den pikanten Erlebnissen im Boudoir, und sie erschauderte. Noch immer spürte sie Timothys Mund langsam und feucht über ihren sich aufbäumenden Körper gleiten, und wie er jede noch so delikate Stelle ihrer Haut erkundet hatte.

Sofort stand sie wieder in Flammen – lichterloh – und fühlte erneut, wie ihre Lust gierig und unwiderruflich von ihr Besitz ergriff. War sie süchtig nach diesem Mann und den himmlischen Spielen, die er mit ihr spielte?

Mit geschlossenen Augen hielt sie sich am Rand des Waschbeckens fest, weil ihr schwindlig geworden war. Ihr Blut befand sich längst nicht mehr in ihrem Kopf, sondern pulsierte aufreizend zwischen ihren Schenkeln. Im ähnlichen Rhythmus wie kurze Zeit zuvor noch Timothys stattliche Männlichkeit.

Am liebsten wäre sie sofort wieder zu ihm in den Ostflügel gegangen, um sich erneut mit ihm zu vereinigen. Doch womöglich war Mrs Boyle bereits auf dem Weg zu ihr, um ihr Colin zurückzubringen. Aber konnte sie ihr und dem Kleinen überhaupt gegenübertreten, so aufgelöst, wie sie war? Die Kinderfrau würde ihr vielleicht Fragen stellen, ob alles in Ordnung war, und sie würde sich höchstwahrscheinlich ihren Teil dazu denken. Schließlich war Mrs Boyle eine erfahrene Frau und auch sie hatte ja den neuen Hausgast kennengelernt.

Und ihrem kleinen Sohn wollte sie in dieser Stimmung

auf keinen Fall begegnen; das passte einfach nicht zu ihren zärtlichen Muttergefühlen. Das waren zwei grundverschiedene Welten, die sich für sie nicht vereinbaren ließen.

Sie sah auf ihre Armbanduhr, die sie an der Spiegelkonsole abgelegt hatte. Wenn sie Glück hatte, konnte sie Mrs Boyle noch sprechen, bevor diese mit Colin das obere Geschoss erreicht haben würde.

Sie verließ fluchtartig das Bad und hastete hinüber ins Wohnzimmer, wo sie ihr Telefon auf dem Tisch fand. Mit zitternden Fingern schaltete sie es wieder ein und wählte die einprogrammierte Nummer des Kindermädchens. Dann lauschte sie dem Klingelton, während ihr eigener Herzschlag in den Ohren dröhnte.

Als sich die freundliche Stimme meldete, bemühte sich Samantha, so normal zu klingen, wie es ihr in diesem Moment möglich war: »O hallo, Mrs Boyle!«

Sie erfuhr, dass die beiden noch im Park unterwegs waren und sich ein wenig verspätet hatten, weil die Kinderfrau beim Schieben der Karre gegen aufkommenden Wind zu kämpfen hatte. Inzwischen waren sie aber fast vor dem Haupthaus angelangt. Wie zur Bekräftigung des Gesagten hörte Samantha in einiger Entfernung Donner grollen. So sehr sie auch Gewitter liebte, dieses Mal fühlte es sich irgendwie bedrohlich an.

»Ich muss Sie leider bitten, Colin noch eine Weile länger zu betreuen, weil ich noch etwas Dringendes zu erledigen habe.« Nach dieser Notlüge musste sie kichern und hoffte inständig, dass Mrs Boyle es nicht mitbekommen hatte. »Gehen Sie doch bitte umgehend mit Colin in die Küche zum Essen. Und danach machen Sie ihn bitte gleich fertig fürs Bett und warten im Kinderzimmer, bis ich bei Ihnen bin. Ich komme zu Ihnen, sobald ich alles erledigt habe.« Noch einmal verkniff sie sich ein Kichern.

Nachdem Mildred der Bitte entsprochen hatte, bedankte sich Samantha höflich und schaltete das Telefon erleichtert aus. Sie wollte nur noch zu Timothy und ihn erneut spüren. Als sie ihn vorhin verlassen hatte, lag er ermattet im dunkelroten Himmelbett des Boudoirs und gab nur noch wohlige Geräusche von sich. Sie hoffte inständig, dass auch er bereits wieder bei Kräften war und ebenfalls Lust auf sie hatte.

Diese animalische Seite an sich selbst zu entdecken, war für Samantha neu und fremd. Aber es bereitete ihr dennoch keine Angst, sondern einfach nur pures Vergnügen, sie auszuleben. Weil sie Timothy vertraute.

Er war erst der dritte Mann in ihrem Leben, mit dem sie überhaupt Sex hatte. Mit Charles waren die intimen Stunden seinerzeit alles andere als lustvoll gewesen. Bei Michael stand immer auch die Liebe im Vordergrund und stellte alles andere meist in den Schatten, aber sie hätte es auch nicht anders haben wollen.

Doch das waren nicht die Gedanken, die sie in diesem Moment denken wollte, und so wischte sie diese mit einem Schnauben beiseite. Sie hatte jetzt etwas viel Schöneres vor.

Im Badezimmer pflückte sie erneut den blauen Kimono vom Haken, streifte ihn hastig über und verließ ihr Nest. Wie eine Einbrecherin blickte sie sich nach allen Seiten um, aus Angst, dass jemand des Personals ihr seltsames Treiben an diesem Tag bemerken könnte.

Fast im Laufschritt gelangte sie hinüber in den Ostflügel und stand zum zweiten Mal an diesem Nachmittag heftig atmend vor der Tür des Boudoirs. Als sich ihre Atmung ein wenig beruhigt hatte, klopfte sie an. Und ebenfalls zum zweiten Mal an diesem Nachmittag forderte Timothy sie nicht auf, einzutreten. Als ihre Hand zitternd und ohne ein Geräusch die bronzene Klinke herunterdrückte und die Tür aufschob, hatte sie restlos das Erlebnis eines Déjà-vus. Und wieder vermutete sie, dass

Timothy gerade schlief. Lautlos verschloss sie die Tür hinter sich, ging ein paar Schritte in den sinnlich roten Raum hinein. Sie bog erneut um die Ecke, wo sich das prunkvolle Himmelbett befand. Es war schon wieder leer. Sie schüttelte den Kopf und musste lächeln.

»Das gibts doch gar nicht.«

Blitze zuckten auf einmal vor den Fenstern, eingerahmt von schweren dunkelroten Samtvorhängen. Fast zeitgleich krachte der unsichtbare Donner. Sie kam sich vor wie in einer unwirklichen Theaterkulisse.

Plötzlich umfingen sie von hinten zwei starke Arme, die in einem weinroten Bademantel steckten. Gleichzeitig stieg ihr erneut der berauschende Duft von Sandelholz in die Nase und sie fühlte schon wieder ihre Sinne schwinden. Mit ihm war es wie ein einziger Rausch und sie wollte niemals wieder nüchtern werden.

»Zwei Seelen – ein Gedanke«, flüsterte er ihr ins Ohr und liebkoste es anschließend mit der Zunge.

Ohne dass sie hätte sagen können, wie ihr geschehen war, fand sie sich plötzlich im blutroten Himmelbett wieder, splitternackt und geborgen in Timothys Armen. Er stützte sich auf einen Arm und sein Gesicht war direkt über dem ihren. Staunend sah er sie an, als könnte er sein Glück noch immer nicht fassen.

»Ich glaube, ich bin süchtig nach dir, Sam«, sagte er, bevor er sie leidenschaftlich und ausdauernd küsste.

»… und ich nach dir«, gab sie zurück, als sie gerade einmal zu Atem kam.

»Oh, Samantha … Endlich gehörst du mir«, raunte er halb stöhnend zwischen seinen Küssen. »Jetzt gebe ich dich nie mehr her.«

»… eigentlich habe ich überhaupt keine Zeit … Ich muss doch zu meinem Jungen«, stammelte sie mit einem Anflug von Verzweiflung in der Stimme und erwiderte die Küsse mit der gleichen Intensität.

»Aber ich weiß einfach nicht, wie ich es auch nur eine einzige Sekunde ohne dich aushalten soll.«

»Dann müssen wir uns wohl etwas ausdenken, was ein bisschen länger vorhält ... Sagen wir, bis heute Nacht ...« Er zwinkerte ihr zu.

Sie seufzte vor Erregung und sah ihn gespannt an, versank in der feurigen Schwärze seiner Augen. Während er unverwandt ihrem Blick standhielt, zog er das breite Seidenband aus dem Kimono, der inzwischen neben ihrem Kopf lag.

»Schließ die Augen und vertrau mir«, flüsterte er ihr zu und küsste erneut ihren Mund, als sie ihm gehorchte. »Ich bin sicher, es wird dir gefallen, meine Liebste.«

Mit der kühlen Seide verband er ihr die Augen. Sehen konnte sie nun zwar nichts mehr, aber sie hörte deutlich, wie sich vor den Fenstern das Gewitter entlud.

Timothy nahm nun ihre Hände in die seinen und streckte ihre Arme – einen nach dem anderen – seitlich nach oben aus. Er löste die Bänder, die zur Befestigung der Bettvorhänge dienten, und fixierte Samanthas Handgelenke in der Nähe der Pfosten.

Sie erschauderte, als sie bemerkte, was er vorhatte, und ließ ihn gewähren. In diesem Moment hätte er alles mit ihr anstellen können, was er nur wollte. Alles.

Er spreizte nun auch ihre Beine in Richtung der unteren Bettpfosten, verzichtete aber darauf, ihre Füße ebenfalls anzubinden. Stattdessen kniete er sich vor sie hin und liebkoste mit seinem Mund die Innenseite ihrer Schenkel, bis Samantha beinahe ihren Verstand verlor. Sie war nun vollkommen willenlos, bereit dazu, sich ihm und seinen leidenschaftlichen Spielen der Lust hinzugeben – egal, was er noch mit ihr vorhatte.

Plötzlich hörte er mit dem auf, was er gerade tat, nahm offenbar eines der Kissen, die in verschwenderischer Zahl auf dem Bett drapiert waren. Das schob er Samantha so unter den Rücken, dass sie ein wenig erhöht lag.

Wie eine Jungfrau auf einem Altar, wo sie einer heidnischen Gottheit geopfert wird, dachte sie kichernd und für einen winzigen Moment lang, dann hielt sie erwartungsvoll den Atem an.

Danach dachte sie nichts mehr.

26

Timothy war in dieser Minute auf dem Weg hinunter in die Küche, um sein Abendessen einzunehmen; das hatten sie so vereinbart. Erst hatte er vorgehabt, sich etwas zu essen auf sein Zimmer zu bestellen, um so wenig wie möglich im Haus in Erscheinung zu treten. Doch Samantha wollte um jeden Preis vermeiden, dass eines der Hausmädchen ihm etwas ins Boudoir hochbringen musste und dort womöglich noch die Spuren ihrer leidenschaftlichen Spiele entdecken konnte.

Sie selbst saß inzwischen auf der bequemen cremefarbenen Ottomane inmitten des Ankleidezimmers. Mit aller Sorgfalt zog sie sich wieder genau dieselbe Kleidung an, die Mrs Boyle am Nachmittag an ihr gesehen hatte, als Colin in deren Obhut übergeben worden war.

Ihre Hände zitterten noch immer vor Erregung, sodass es ihr nur mit Mühe gelang, die winzigen Perlmuttknöpfe ihrer Bluse zu schließen. Sie hoffte inständig, dass weder Mildred Boyle noch jemand anderes vom Personal die Veränderungen an ihr bemerken würde.

Als sie fertig gekleidet war, betrachtete sie sich im bodenlangen Spiegel und strich sich zum wiederholten Mal das Haar glatt nach hinten. Dann nahm sie aus einer der Schubladen die Haarschleife aus schwarzem Samt, die sie ein paar Stunden zuvor dort hineingelegt hatte, und fixierte mithilfe dieser einen Pferdeschwanz in ihrem Nacken.

Das muss jetzt so gehen, beschloss sie und wandte sich zur Tür. Schließlich war im Kinderzimmer nebenan die Beleuchtung um diese Zeit schummrig.

Sie zwang sich zu einem Lächeln und öffnete die Tür. Mrs Boyle saß im Sessel und hielt Colin auf dem Schoß, der offenbar nicht daran dachte, endlich zu schlafen. Als er seine Mutter bemerkte, streckte er die Händchen zu ihr und weinte quengelig.

Mit einem mütterlichen Strahlen, zu dem sie sich nun nicht mehr zwingen musste, und voller Liebe nahm Samantha ihren kleinen Schatz hoch und herzte ihn. Sie dankte Mrs Boyle für die Hilfe und bedeutete ihr mit einer Kopfbewegung, dass diese sich nun in ihren Feierabend zurückziehen konnte.

Colin hopste vergnügt auf ihrem Arm herum, während sie mit ihm durchs Zimmer tanzte und ihm dabei lustige Lieder vorsang. Dieses allabendliche Ritual fiel heute länger aus als gewöhnlich. Sie hatte dem Kleinen gegenüber ein schlechtes Gewissen, dass sie ihn wegen Timothy und ihrer gemeinsamen Lust so vernachlässigt hatte. Außerdem wollte sie vermeiden, mit dem Objekt ihrer Begierde in der Küche zusammenzutreffen. Dafür nahm sie sogar gerne ihren Hunger in Kauf. Sie wäre sich andernfalls sicher, dass ihnen jeder ansehen musste, womit sie sich am Nachmittag miteinander die Zeit vertrieben hatten. Beim Gedanken daran brach ihr erneut der Schweiß aus und ihre Wangen nahmen etwas Röte an.

Aber wenigstens waren sie in diesem Augenblick allein und Colin genoss redlich die Nähe seiner Mutter. Ihre Lieder nahmen mit der Zeit einen beruhigenden Charakter an, bis sie schließlich nur noch Schlaflieder sang. Irgendwann rieb sich der Kleine die Äugelein und dann war es Zeit, ihn in sein Bett zu legen.

Samantha blieb noch bei ihm sitzen, bis er eingeschlafen war. Danach vertrieb sie sich die Zeit, räumte die Wickelauflage auf, die eigentlich bereits aufgeräumt war. Sie ordnete die Kleidung in seiner Kommode neu, was ebenfalls überflüssig war, und verschonte auch Franks Schrank nicht. All das nur, um Timothy aus dem Weg zu gehen.

Mit Erfolg, wie sie bemerkte, als sie später unten in der Küche war. Er war bereits wieder auf seinem Zimmer.

Um Rose wegen des personellen Engpasses zu entlasten, hatte Samantha für diesen Abend als Dinner nur Suppe und Sandwiches angewiesen. Sie setzte sich an den großen Esstisch und aß mit Appetit. An ihrem Gürtel war das Babyfon befestigt und sie lauschte nebenbei den gleichmäßigen Atemzügen ihres Söhnchens.

Ein paar Meter von ihr entfernt saß die dicke Köchin und beschriftete in der Zeit winzige, ovale Klebeschilder mit der Aufschrift *Cardington Manor Apfelgelee*.

Rose hatte es wie jedes Jahr aus ein paar besonders schönen Exemplaren der ersten Frühäpfel gewonnen. Neben ihr auf der Arbeitsfläche standen die Einmachgläser aufgereiht, die mit der etwas trüben gelben Kostbarkeit gefüllt waren, und es schien, als warteten sie voller Stolz auf die Auszeichnung, die ihnen gleich zuteilwerden sollte.

Samantha spürte die wohltuende Schlichtheit und Normalität des Augenblicks. So surreal ihr nun der vergangene Nachmittag vorkam – wie zurzeit auch ihr gesamtes Leben –, so sehr genoss sie diesen Moment in der Küche. Sie fühlte sich dadurch wie geerdet.

Nach dem Essen nahm sie sich noch ein Stück Brot, bestrich es mit gesalzener Butter und probierte darauf das frisch gekochte Apfelgelee.

»Rose, Sie haben sich mal wieder selbst übertroffen«, sagte sie noch zum Abschied, als sie bereits wieder im Gehen war. »Ich wünsche Ihnen einen schönen Feierabend!«

»Vielen Dank, Mrs Tomlinson! Es freut mich immer sehr, wenn Ihnen mein Essen schmeckt, aber das wissen Sie ja.« Die dicke Köchin lächelte geschmeichelt und erwiderte den Wunsch.

Dann fiel ihr plötzlich noch etwas ein.

»Ach, Mrs Tomlinson, hat Ihr Mann Sie gefunden?«, rief sie ihrer jungen Dienstherrin hinterher, als diese schon fast das Erdgeschoss erreicht hatte.

Samantha blieb abrupt auf dem oberen Treppenabsatz stehen und erstarrte.

»Mein Mann? Wieso mein Mann?«, fragte sie mit leichtem Beben in der Stimme. Doch gleich darauf gab sie sich selbst Entwarnung, denn Roses Frage konnte auch bedeutet haben, dass Michael sie über das Haustelefon gesucht hatte. Immerhin war ihr Handy noch immer ausgeschaltet. Sie drehte sich wieder um und fragte also: »Wann hat mein Mann denn angerufen, Rose?«

»Angerufen? Wieso angerufen?«, kam es leicht irritiert zurück und sie sah Samantha mit dem gewohnt dienstbaren Blick an. Bevor sie antwortete, schüttelte sie eifrig den Kopf, sodass ihre hellbraunen, sorgfältig eingedrehten Löckchen zitterten.

»Nein, nein, er hat nicht angerufen. Mr Tomlinson ist hier gewesen, hier bei mir in der Küche, als Master Colin gerade seinen Brei verputzt hat. Das ist vor ungefähr ...« Sie sah abschätzend auf die alte Küchenuhr, »... anderthalb Stunden gewesen.«

»Was?« Ein Kloß in Samanthas Hals, der sich blitzartig gebildet hatte, verhinderte weitere Nachfragen.

»Ich habe ja leider nicht gewusst, wo Sie sind, und konnte ihm deshalb nicht weiterhelfen«, plapperte die Köchin weiter, »aber Mrs Boyle hat ihm dann erzählt, dass Sie etwas Dringendes zu erledigen hatten, aber sie hat leider auch nicht gewusst, wo Sie sich aufgehalten haben. Dann ist Mr Tomlinson nach oben gegangen, um Sie zu suchen. Er hat noch gesagt, bei diesem Unwetter wären Sie sicher nicht im Freien unterwegs.«

Rose lächelte voller Stolz darüber, dass sie über die Vorgänge im Haus so gut Bescheid wusste, gerade jetzt, wo doch Henderson nicht zur Stelle war.

Samantha fühlte sich wie von einer Eisschicht überzogen. In Gedanken sprang sie zu der von Rose angegebenen Zeit zurück: Als Michael hier in der Küche gewesen sein und sie gesucht haben musste, befand sie sich gerade gefesselt und nackt und mit verbundenen Augen …

Ihr wurde schlecht.

Zahllose und vor allem widersprüchliche Fragen schossen plötzlich wie Blitze durch ihren Kopf.

Hat Michael womöglich etwas davon mitbekommen?
Aber wie kann denn das sein?
Woher sollte er denn gewusst haben, wo ich bin?
Aber aus welchem Grund sonst habe ich ihn nicht in unserem Wohnbereich angetroffen? Oder bei Colin?
Sollte er nicht gerade in Schottland sein?
Warum hat er nicht in unserer Wohnung auf mich gewartet, wenn er mich doch gesucht hat und mit mir sprechen wollte?
Was wollte er denn überhaupt hier?
Warum ist er nicht bei seiner Patricia?
Er war es doch schließlich, der mich mit seinem Seitensprung in Timothys Arme getrieben hat ...

»Oh mein Gott, Mylady! Äh … ich meine natürlich, Mrs Tomlinson. Ist Ihnen nicht gut? Sie wirken auf einmal so verändert.«

Samantha war in der Tat kreidebleich geworden. Mit einer Hand umklammerte sie das Treppengeländer. Dann setzte sie sich wie mit letzter Kraft auf die oberste Stufe.

»Soll ich einen Arzt rufen, Mrs Tomlinson?«

Die Stimme der Köchin klang inzwischen fast panisch.

»Was ist denn auf einmal bloß los mit Ihnen?«

Rose füllte ein Glas mit kaltem Wasser.

»Mein Gott, und ausgerechnet jetzt ist Henderson nicht da!« Sie brachte es hastig die Treppe hoch, so schnell es ihre Körperfülle zuließ. Das Wasser schwappte dabei ein paarmal über und hinterließ kleine Pfützen auf den Stufen, die im Gegenlicht der Küchenbeleuchtung glitzerten.

Samantha saß nur wie apathisch vor ihr und starrte

hinunter ins Nichts der weiträumigen Küche, während ihr Innerstes weiter nach einer Erklärung für diese Katastrophe suchte.

Als Rose ihr mit ihrer abgearbeiteten Hand über den Kopf strich, nahm sie diese überhaupt erst wahr. Sie griff nach dem angebotenen Glas und trank es in einem Zug leer wie eine Verdurstende.

»Soll ich nicht vielleicht doch Doktor Mortimer anrufen?«

»Nein ... danke«, sagte Samantha mit matter Stimme. »Es geht schon wieder ... Es war nur mein Kreislauf.«

Sie zog sich am Geländer in die Höhe, wandte sich um und schritt auf wackeligen Beinen langsam davon in Richtung Halle.

»Sind Sie sicher, dass ich niemanden anrufen soll?«, rief Rose ihr noch nach, aber das hörte sie schon nicht mehr. Mit ihren Gedanken war sie bereits in der oberen Etage. Sie wollte dort nach Anzeichen für Michaels Anwesenheit suchen. Als sie sich vorhin in ihren Räumen aufgehalten hatte, war ihr vielleicht deshalb nichts aufgefallen, weil sie nichts davon geahnt hatte.

Als Erstes ging sie ins Wohnzimmer. Dort lag noch immer ihr ausgeschaltetes Mobiltelefon auf dem Tischchen. Sie schaltete es ein und sah nach einer gefühlten Ewigkeit, dass Michael seit ihrem Telefonat am Nachmittag unzählige Male versucht hatte, sie zu erreichen. Was konnte er nur von ihr gewollt haben? Bei dem letzten Gespräch war doch alles zwischen ihnen geklärt worden - oder etwa doch nicht? Sie musste ihn eben selbst fragen. Schnellstens.

Wie automatisch drückte sie seine Rufnummer und hielt sich den Apparat ans Ohr. Sie wartete, doch statt des Klingelzeichens erklang sofort ein Ansagetext.

Der gewünschte Teilnehmer ist vorübergehend nicht erreichbar. Bitte versuchen Sie es später noch einmal!

Sie legte kopfschüttelnd auf und blickte sich suchend um. Nein, in diesem Raum war nichts anders als zuvor. Auch im Schlafzimmer nebenan fand sie keinen Hinweis auf Michaels Anwesenheit. Und ebenfalls weder im Bad noch im Ankleidezimmer.

»Vielleicht war er ja bei Colin im Kinderzimmer«, dachte sie laut, aber das konnte sie erst am nächsten Tag feststellen, weil sie es nicht riskieren wollte, den Kleinen zu wecken.

Kann es sein, dass Michael in den Ostflügel hinübergegangen ist?

Und kann er zufällig erfahren haben, dass Timothy sich dort aufhält?

Der einzige Raum in diesem anderen Trakt des Hauses, den Michael häufiger benutzt hatte, war das Arbeitszimmer. Aber was sollte er dort gewollt haben?

Zwar hielt sie es nicht für sehr wahrscheinlich, dort einen Hinweis zu finden, aber die Möglichkeit ließ ihr dennoch keine Ruhe. Sie verließ ihren Wohnbereich und ging hinüber.

Die Tür des Arbeitszimmers stand offen. Das war ihr zuvor nicht aufgefallen, als sie das Boudoir verlassen hatte, weil sich das Büro ganz am Ende des Korridors befand.

Sie ging hinein und sah sich um. Ihr Blick fiel sofort auf den Schreibtisch, auf dem ein aufgeschlagener Aktenordner lag. Sie hob ihn auf und las, was auf dem Rücken stand. Darin waren die Verträge mit Michaels Auftraggebern abgeheftet.

Sie schluckte. Er war also doch hier oben gewesen. Das bedeutete auch: in unmittelbarer Nähe des Boudoirs, das sich schräg gegenüber befand.

Das muss aber nicht zwangsläufig bedeuten, dass er etwas von Timothy und mir mitbekommen hat, versuchte sie verzweifelt, sich zu beruhigen.

Seltsam war allerdings, dass Michael den Ordner nicht wieder aufgeräumt hatte. Das entsprach nicht seiner Art. Und auch die Tür hatte er beim Gehen nicht wieder verschlossen. Sie versuchte energisch, sich in ihren Mann hineinzuversetzen, wie er da hinter dem Sekretär gestanden und etwas in seinen Akten gesucht hatte. Was konnte ihn dazu veranlasst haben, das Zimmer unverrichteter Dinge zu verlassen? War es möglich, dass er etwas gehört hatte?

In diesem Moment ertönte Musik. Sie drang aus dem Boudoir hinaus auf den Flur, weil Timothy die Hi-Fi-Anlage laut aufgedreht hatte. Ganz deutlich waren auch Bassvibrationen zu spüren. Samantha ging hinaus auf den Korridor und nach links in Richtung des Boudoirs. Die Klänge wurden mit jedem Schritt lauter, die Schwingungen stärker.

Wir hatten aber gar keine Musik an heute Nachmittag, erinnerte sie sich und atmete erleichtert auf. Sie kehrte zum Arbeitszimmer zurück, verräumte den Ordner an seinen Platz im Aktenschrank und schloss die Tür, um in den Westflügel zurückzukehren.

Da fiel ihr Blick auf einen kleinen, glitzernden Gegenstand, der in der Nähe der Tür zum Boudoir auf dem sandfarbenen Teppichboden lag. Sie hob ihn auf und hielt Michaels Ehering in der Hand.

27

Michael erwachte. Sein Kopf schmerzte ihn so sehr, dass er aufstöhnte. Er fasste sich an die Stirn und fühlte Stoff, der fest darum gewickelt war. War das etwa ein Verband?

Selbst das Öffnen seiner Augen bereitete ihm Schmerzen. Das schummrige Licht stach ihn so unangenehm, dass er sie gleich wieder etwas zukniff. Als er sich ein wenig an das Dämmerlicht gewöhnt hatte, hob er seinen Kopf leicht an und sah sich um. Er konnte ein paar Einzelheiten des Raumes ausmachen, aber nichts davon kam ihm bekannt vor.

Verflucht, wo war er? Was sollte das Ganze?

Sein Schädel nahm ihm die Aufregung offenbar übel, denn er dröhnte nun wie eine riesige Glocke und pochte wie verrückt. Was zum Teufel war nur mit seinem Kopf passiert?

Aber das Schlimmste war, er hatte keine Ahnung, was das für ein Zimmer war. Warum kannte er es nicht? Hatte er etwa eine Amnesie?

Links neben ihm bewegte sich etwas. Unter Schmerzen sah er dorthin und erkannte, dass ein älterer Mann neben ihm zusammengesunken in einem Sessel saß. Er schien zu schlafen, denn alles, was Michael von ihm mitbekam, waren gleichmäßige Atemzüge. Auch dieser Mann war ihm unbekannt.

Er fühlte sich wie in einem Film. Einem sehr, sehr schlechten Film allerdings. Oder war er bereits tot und es hatte ihm nur niemand mitgeteilt? Ging so etwa das Sterben?

»Hallo? Hören Sie mich?«, versuchte er matt in die Richtung des Schlafenden zu sprechen und war erfreut, dass wenigstens seine Stimme ihn nicht im Stich gelassen hatte. »Hallo!«

Der Mann auf dem Sessel wurde dadurch offenbar wach und bewegte sich. Sein Gesicht erschien plötzlich ganz nah vor Michael. Es war ein älterer Mann, der ihm freundlich zulächelte. Irgendwie kam er Michael doch bekannt vor, aber die Erinnerung daran blieb aus.

»Mr Tomlinson, wie schön, dass Sie aufgewacht sind! Wie geht es Ihnen? Haben Sie große Schmerzen?«

»Mein Kopf tut so weh ... Wer sind Sie? ... Warum kennen Sie meinen Namen?«

»Ja, erkennen Sie mich denn nicht mehr? Warten Sie, ich drehe das Licht etwas heller.« Der Mann hantierte an einer honigfarbenen Stehlampe und wie von Zauberhand erschien sein Gesicht nun wesentlich deutlicher.

»Ich bin Anthony Browning. Wir haben uns bei meinem Bewerbungsgespräch als Gestütsleiter auf Cardington Manor kennengelernt. Erinnern Sie sich jetzt an mich?«

»Mr Browning ... Ja, ich erinnere mich an Sie und Sie ahnen nicht, wie froh ich darüber bin ... Ich habe schon an meinem Verstand gezweifelt ... Wo bin ich denn hier, und warum?«

»Mr Tomlinson, Sie sind bei mir zu Hause, in meinem Schlafzimmer. Sie hatten gestern Abend einen Unfall mit Ihrem Wagen. Zufällig bin ich in der Nähe gewesen und habe gesehen, wie sie sich überschlagen haben, mehrfach. Ich habe sofort angehalten, um Ihnen zu Hilfe zu eilen und ...«

Michael fiel ihm ins Wort: »Einen Autounfall ... Ich?« Er atmete hörbar aus.

In Fragmenten projizierte sein Unterbewusstsein Bilder auf eine innere Leinwand. Sie waren allesamt dunkel und verschwommen. Dann plötzlich kam ein gleißend helles Licht, begleitet von einem lauten Knall und dem Splittern von Glas. Die Welt, sie drehte sich … Michael kehrte zu Mr Browning zurück, denn diese Bilder machten ihm Angst. »Ich hatte doch noch nie einen Unfall …«

»Bis gestern Abend, aber zu Ihrer Beruhigung, es hat wohl schlimmer ausgesehen, als es tatsächlich war. Also Ihr Auto ist natürlich schon schrottreif. Aber Sie selbst haben lediglich ein paar kleine Blessuren davongetragen, und das ist doch die Hauptsache!«

Michael seufzte und Anthony Browning fuhr fort: »Ich wollte Sie natürlich gleich zur Untersuchung in ein Krankenhaus bringen, zur Sicherheit, Sie verstehen? Aber das haben Sie partout abgelehnt. Wenn ich mir Ihren Kopf so ansehe, denke ich aber, das war ein großer Fehler. Da hätte ich nicht auf Sie hören sollen, aber Sie haben auf mich so unversehrt und fit gewirkt, bis auf die paar Schürfwunden in ihrem Gesicht.«

Er kontrollierte kurz den Verband und Michael stöhnte vor Schmerz auf.

»Ich durfte auch weder Ihre Frau verständigen noch wollten Sie nach Hause gebracht werden. Da blieb ja nur noch, dass ich Sie mit zu mir nehme.«

Er deutete mit einer Geste auf seine Umgebung, den winzigen Raum, in dem sie sich befanden.

»Willkommen in meinem bescheidenen Reich, Mr Tomlinson! Fühlen Sie sich bitte wie zu Hause! Und lassen Sie mich bitte wissen, wenn ich etwas für Sie tun kann!«

Durch Mr Brownings Erzählungen war Michaels Erinnerung an die Zeit vor dem Unfall zurückgekehrt. Kein Wunder, dass er nicht gewollt hatte, dass man Samantha verständigt oder ihn zu ihr gebracht hätte.

Er dankte seinem Retter für alles und sagte: »Bitte rufen Sie Doctor Mortimer an, dass er hierherkommt und sich meinen Kopf mal ansieht! Er ist der Hausarzt von Cardington Manor. Aber er darf mit niemandem über mich oder meinen Unfall sprechen. Das ist ganz allein meine Sache.«

»Wie Sie wünschen, Mr Tomlinson«, sagte Mr Browning und verließ das Zimmer.

Dann war Michael mit seinen Gedanken allein.

Seine Erinnerung kehrte nun langsam und bruchstückhaft zurück ... Er war von London aus nach Cardington Manor gefahren, um mit Samantha zu sprechen ... Um sie davon abzuhalten, mit diesem Schönling ins Bett zu gehen ... Sie war doch seine Frau ... Doch niemand im Haus wusste, wo sie war. Sie musste etwas erledigen, hieß es, etwas sehr Dringendes ... Dann ging er hoch ins Arbeitszimmer, wollte etwas in seinen Papieren suchen, solange er auf sie warten musste ... Was war das noch ... irgendein Vertrag? ... Auf der Treppe hörte er zwei Hausmädchen miteinander tuscheln. Die Jüngere von beiden kicherte, als sie sagte: »Ich wäre ja gerne für seinen Zimmerservice zuständig.«

Er verstand nicht, was sie damit meinte, und vor allem, wen ... Im Arbeitszimmer suchte er diesen vermaledeiten Vertrag ... Dann hörte er ein merkwürdiges Geräusch, das er nicht zuordnen konnte ... War Samantha inzwischen zurückgekommen und suchte nun nach ihm? Hatte sie seinen Namen gerufen? ... Er ging hinaus auf den Korridor, um ihr entgegenzugehen, aber sie war nicht da ... Als er gerade wieder zum Schreibtisch gehen wollte, war da wieder so ein Geräusch ... wie ein erstickter Schrei ... Er ging ein paar Schritte ... Die Schreie wurden lauter ...

Er stellte fest, dass sie aus dem Boudoir kamen ...
Er hörte einen Mann und eine Frau ...
Der Mann rief unter Stöhnen einen Namen: *Samantha!*

Diese Einzelheiten taten Michael so weh, dass er sich augenblicklich in die Gegenwart zwang. Es war wie ein Albtraum, aus dem er verzweifelt zu erwachen versuchte.

Er atmete schwer und hielt sich eine Hand an die Brust, während er an die trostlose, vergilbte Zimmerdecke starrte.

Da öffnete sich die Tür leise und Doktor Mortimer trat ins Zimmer. Dieser untersuchte ihn gründlich und gewissenhaft, wie es seiner Art entsprach, und diagnostizierte eine Gehirnerschütterung. Außerdem einen schweren Fall von Eigensinn und Leichtsinn.

Michael bekam strenge Bettruhe verordnet, eine Woche lang. Und auf jeden Fall sollte er sich danach einer Röntgenuntersuchung unterziehen, nur um sicherzugehen und damit der alte Arzt sich später keine Vorwürfe zu machen brauchte.

Der Doktor gab Michael ein leichtes Schlafmittel, versprach ihm, niemandem etwas zu verraten, und verabschiedete sich danach auch noch von Anthony Browning.

Doch das verdammte Mittel wirkte nicht, zumindest kam es Michael so vor. Er konnte einfach nicht zu grübeln aufhören. Und so sehr er sich auch wünschte, dass es anders wäre, seine Gedanken kreisten unaufhörlich um Samantha.

Samantha, die Liebe seines Lebens.

Samantha, seine Ehefrau.

Samantha, die Mutter seiner Söhne.

Samantha, mit der er sich zurzeit nicht einig war und nur noch stritt.

Samantha, der er eine Falle hatte stellen wollen, weil er ihr nicht vertraut hatte.

Samantha, der er einen Seitensprung gebeichtet hatte, den es gar nicht gab.

Samantha, die daraufhin mit einem anderen Mann Sex hatte.

Samantha, deren Lustschreie er durch die Tür des Boudoirs gehört hatte.

Samantha, deren Ring er nicht länger am Finger trug.

Er betastete die ungewohnt leere Stelle an seinem Ringfinger, die sich glatt und nackt anfühlte. Seine Augen füllten sich mit Tränen und liefen über. Das salzige Wasser brannte in seinem Gesicht, an den Wunden, die der Unfall verursacht hatte.

Sein Leben, es war ein Totalschaden, wie vermutlich auch sein Wagen.

Aber einen Wagen konnte man ersetzen – ein Leben und eine Liebe nicht.

28

Samantha war in ihre Wohnung zurückgekehrt. Das kühle Metall von Michaels Ehering brannte in ihrer geschlossenen Hand. Jetzt war auch klar, warum er nicht auf sie gewartet hatte.

Er hat gehört, wie Timothy und ich ... mein Gott, ist mir das peinlich ...

Sie legte den Ring in die Schublade von Michaels Nachttisch. In ihrer Brust herrschte ein einziges Chaos von Gefühlen: Es tat ihr weh, dass er seinen Ehering nicht mehr trug. Ja, es schmerzte sie sehr. Tief in ihrem Inneren. Trotz allem, was in den letzten Wochen zwischen ihnen vorgefallen war.

Gleichzeitig war sie erfüllt von einer unglaublichen Wut: Was sollte denn dieser theatralisch anmutende Auftritt mit dem abgezogenen und auf den Fußboden geworfenen Ring? Noch dazu vor der Tür des Boudoirs, wo er davon ausgehen musste, dass sie ihn fand. Offenbar hatte er das damit beabsichtigt. Aber warum? Er selbst war doch wieder mit seiner Exfreundin zusammen und ging mit ihr ins Bett. Und schließlich hatte er damit angefangen.

Ist sein Seitensprung denn weniger verwerflich? Oder macht es vielleicht einen Unterschied, wer von beiden fremdgeht, Mann oder Frau?

Eigentlich wollte sie Michael diese Fragen gerne persönlich stellen, jetzt in diesem Moment. Aber beim derzeitigen Stand der Dinge hielt sie es für keine gute Idee. Sie sollten nun etwas Gras über die Angelegenheit wachsen lassen. Ändern ließ sich das Ganze nun sowieso nicht mehr.

Wenn wenigstens Roberta zum Reden hier wäre!

Sie atmete ein paarmal tief ein und aus und zwang sich, an etwas anderes zu denken, etwas Positives. An ihre süßen Söhne, zum Beispiel. Und an ihre stetig wachsende Liebe zu Timothy. Es fühlte sich nicht nach einer flüchtigen Bettgeschichte an. Sie freute sich darauf, ihn richtig kennenzulernen.

Durch den schmalen Verbindungsgang, der die Räume ihres Wohnbereichs miteinander verband, gelangte sie zu Colin. Auf Zehenspitzen schlich sie zu seinem Bettchen und betrachtete ihn eine kleine Weile. Dann drückte sie ihm einen sanften Kuss auf seinen zart beflaumten Kopf und verließ das Kinderzimmer ebenso leise, wie sie es betreten hatte.

Ja, das Leben, es musste weitergehen. Für Colin und auch für Frank. Aber auch für sie selbst musste es weitergehen.

Ja, sie würde sich nun wieder – unbemerkt vom Personal – in den Ostflügel hinüberschleichen. Zu Timothy. Sie mochte ihn. Sogar sehr. Eigentlich verliebte sie sich mit jeder neuen Begegnung mehr in ihn. Kaum zu glauben, dass sie sich monatelang dagegen gewehrt hatte. Und irgendwann würde sie es eben allen offiziell verkünden, dass sie beide ein Paar wären: dem Personal, Roberta und Henderson, und nicht zuletzt Frank. Bestimmt würde auch er Timothy irgendwann ins Herz schließen, so liebevoll wie dieser mit Colin umging. Der Kleine war ohnehin noch zu klein, um Michael zu vermissen. Und sie selbst war viel zu wütend dazu.

Kurze Zeit später befand sie sich zum dritten Mal an diesem Tag in Timothys Armen. Er bedeckte ihre zarte Haut mit liebevollen Küssen und saugte dabei genüsslich Samanthas Duft ein.

Doch sie lag nur starr und ein wenig fröstelnd neben ihm, wich seinen vor Leidenschaft glühenden Augen aus.

Ihr Blick verlor sich irgendwo in der dunkelroten Unendlichkeit des Raumes.

Die Situation hatte schon etwas Groteskes an sich: Sie befand sich in unmittelbarer Nähe des Mannes, nach dem sie sich regelrecht verzehrte und in den sie dabei war, sich zu verlieben. Doch ihre Gedanken waren in diesem Moment weit weg. Sie waren bei Michael, bei all den Streitgesprächen, die sie in der letzten Zeit geführt hatten, bei ihren gemeinsamen Kindern und bei all den hochtrabenden Plänen, die sie miteinander geschmiedet hatten und an denen sie nun gescheitert waren.

Sie fühlte, wie sich in ihrer Kehle ein Kloß bildete, der ihr fast die Luft nahm. Ihre Augen füllten sich mit Tränen und diese verschleierten ihr wiederum die Sicht. Sie versuchte zwar, dagegen anzukämpfen, aber ihr Schmerz war dabei, überzulaufen und sich mit all seiner Heftigkeit zu entladen. Als sie es nicht länger zurückhalten konnte, entwand sie sich Timothys Umarmung, setzte sich abrupt auf und bedeckte ihr Gesicht mit beiden Händen. Es tat gut, endlich zu weinen.

Timothy stand auf, ging nach nebenan ins Badezimmer und kehrte mit einer Packung Taschentücher zurück. Er zog eines heraus und reichte es ihr. Dann setzte er sich so zu ihr aufs Bett, dass seine angewinkelten Beine sie wie ein Zufluchtsort umfingen. Er sagte nichts, hielt sie nur geborgen in seinen Armen, liebkoste sanft ihr Haar und wiegte sie leicht hin und her.

So lange, bis sie sich ein wenig beruhigt hatte und ihm erklärte: »Weißt du, ich habe das Gefühl, mir fliegt gerade mein Leben um die Ohren und ich frage mich, was wohl als Nächstes kommt.«

»Das Gefühl kenne ich nur zu gut«, sagte er und schüttelte verbittert lächelnd den Kopf. »Man könnte auch sagen, ich habe es erfunden.«

»Das glaube ich dir«, sagte sie matt, nachdem sie sich

die Tränen getrocknet und die Nase geputzt hatte.
Sie brachte sogar ein schwaches Lächeln zustande. Es rührte sie, wie liebevoll Timothy sich um sie kümmerte, und es tat ihr gut, dass er in diesem Moment bei ihr war.

Gemeinsam legten sie sich wieder zurück auf die weichen Kissen. Samantha schmiegte ihren Kopf an seine glatte, nackte Schulter und erzählte ihm alles, was seit ihrer letzten Begegnung vor ein paar Stunden vorgefallen war. Er sollte verstehen, warum sie in dieser Stimmung war und nicht in der, die sonst zwischen ihnen beiden herrschte.

Er hielt sie eine kleine Ewigkeit lang in seinen Armen und sagte irgendwann: »Baby, wir haben doch alle Zeit der Welt.«

Hat Ihnen mein Roman gefallen?

Ich freue mich immer über Empfehlungen und Rückmeldungen:

sybillekolar.com
facebook.com/SybilleKolar.Autorin
@SybilleKolar

Oder hinterlassen Sie eine Rezension bei Amazon!

Herzlichen Dank!

Ihre Sybille Kolar

Sämtliche Bände der CARDINGTON-MANOR-Reihe sind als Taschenbuch überall im Buchhandel erhältlich, in der E-Book-Version ausschließlich bei Amazon.

Kennen Sie schon die anderen Bände
der CARDINGTON-MANOR-Reihe?

Band 1
Lady Cardington und ihr Gärtner
Wie alles begann …

ISBN: 978-3-7392-4915-5

Band 2

Schlangen im Paradies

ISBN: 978-3-7392-4239-2

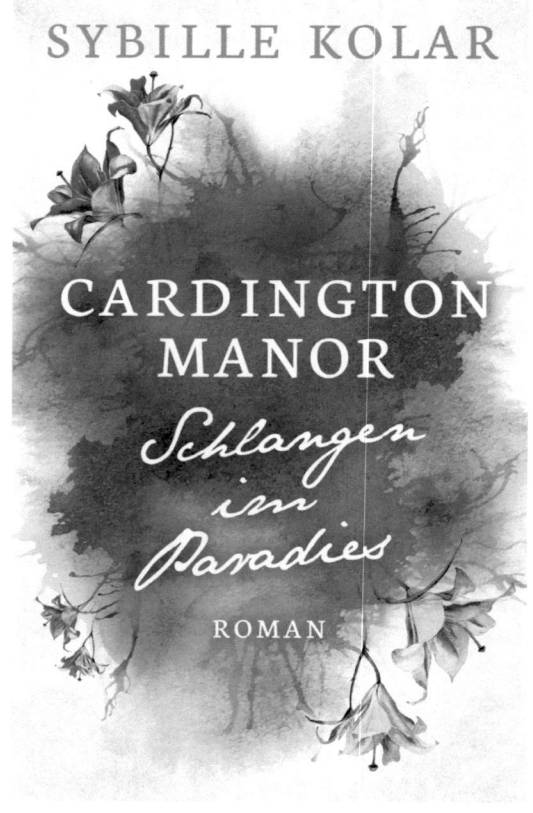

Band 3

Schatten der Vergangenheit

ISBN: 978-3-7412-4215-1

Und der Sammelband der
CARDINGTON-MANOR-Reihe!
Er enthält die Bände 1-3 in ungekürzter Fassung:

Lady Cardington und ihr Gärtner
Schlangen im Paradies
Schatten der Vergangenheit

ISBN: 978-3-7412-5092-7

SYBILLE KOLAR

CARDINGTON MANOR

Sammelband 1-3